| 湖南省文艺人才扶持“三百工程”项目 |

山川无极

赵涛／著

天津出版传媒集团
百花文艺出版社

图书在版编目（CIP）数据

山川无极 / 赵涛著. -- 天津 : 百花文艺出版社，2025. 6. -- ISBN 978-7-5306-9167-0
I. I206.7-53
中国国家版本馆CIP数据核字第2025L0Q470号

山川无极
SHANCHUANWUJI
赵涛　著

出 版 人：薛印胜
责任编辑：王　欣　　**装帧设计：**刘秋香
出版发行：百花文艺出版社
地址：天津市和平区西康路35号　**邮编：**300051
电话传真：+86-22-23332651（发行部）
+86-22-23332656（总编室）
+86-22-23332478（邮购部）
网址：http : //www.baihuawenyi.com
印刷：长沙市精宏印务有限公司
开本：710毫米 × 1000毫米　1/16
字数：160千字
印张：17.5
版次：2025年6月第1版
印次：2025年6月第1次印刷
定价：98.00元

如有印装质量问题，请与长沙市精宏印务有限公司联系调换
地址：长沙市开福区德雅路1246号
电话：（0731）85817162
邮编：410023

作者近照

作者简介

赵涛，湖南省“三百工程”文艺家，湖南省文史研究馆特约研究员。中国文艺评论家协会会员、中国民间文艺家协会会员、中国报告文学学会会员，中南大学当代东方艺术中心研究员，湖南省文艺志愿者协会副主席，湖南省书法家协会理事，湖南省美术家协会理论委员会副主任，湖南省作家协会会员，湖南省文联委员，湖南省企（事）业文联驻会副主席兼秘书长，《财富地理》总编辑。曾任湖南省文联湖南美术馆建设领导小组办公室主任。提出“艺禅互见”，主张“以古人为师，以古人之师为师，以师古人之古人为师”。在《人民日报·海外版》《中国艺术报》《中国书画报》《语文报》《湖南日报》《湖南教育》等报刊发表作品。参与策划主编《湖南人文地理丛书》《礼赞湘江》《湖南文艺60年·湖南省企（事）业文联卷》《百年湖湘工业三部曲》《文脉·千年湖湘书院图记》《文脉·千年湖湘八景图典》等系列文史专辑近百卷。创作出版长篇报告文学《大梦峥嵘》，参与策划撰写《万山红遍——百年大党的湖南征程》《我们的红土地》等大型文献图书。

自序

春分至，万物生。

感谢湖南省文学艺术界联合会，我的《山川无极》一书即将出版。

从某种意义上来说，“文学”和“艺术”这两个词一直是我人生的关键词。

1990 年 3 月，我的诗歌首作在《语文报》发表。这一年，我读到林语堂的《苏东坡传》。

苏东坡不仅创造了他有名的墨竹，他也创造了中国的文人画。他和年轻艺术家米芾共同创造了以后在中国最富有特性与代表风格的中国画——正是因为《苏东坡传》，我知道文人画，并为林语堂关于八大山人、石涛的论述着迷。其实，在更早的六七年里，我就开始学习书法并画墨竹。

2002 年 11 月 30 日，在长沙市东风路下大垅湖南省作家协会办公楼 6 楼《湖南作家》办公室，我为自己近 20 万字的书稿写后记：“这是我今年所写文章汇集而成的。如果不是工作的关系，我不会如此幸运地走近书中的这些人。在与他们的对话中，我真切地聆听到来自社会人生的智慧回响。”

“书中的这些人”是谭谈、鄢福初、王孝忠、蔡测海、廖静仁等先生，还有后来离开我们的未央先生、任光椿先生。

2003 年 7 月 1 日，在长沙市八一路 227 号湖南省文学艺术界联合会 314 办公室，廖静仁先生带领我们创办的《财富地理》第 1 期正式出刊。

2012 年 4 月 5 日，中共湖南省委宣传部《阅评简报（文艺）》刊发文艺阅评员文章指出：“作为一份致力于挖掘、传承、发展、繁荣湖湘文化的刊物，《财富地理》的文化担当意识给人印象深刻，今后也大有可为。”而今，《财富地理》第 94 期正在编印中。

2012 年 5 月 25 日，湖南省美术馆建设项目批准立项。在夏义生先生的直接领导下，我先后担任湖南省文联湖南省美术馆建设领导小组办公室副主任、主任，为湖南“十二五”文化事业重点项目——湖南省美术馆的建设尽绵薄之力。

2013 年 4 月，我与创作团队深入浙江余姚，为中国五金工具第一品牌——长城精工成立三十周年撰写企业传记《大梦峥嵘》，并拜谒心学集大成者王阳明先生故居。

明代著名书画家徐渭说：“古人论右军（王羲之）以书掩人，新建先生（王阳明）乃不然，以人掩书。今睹兹墨迹，非不翩翩然凤翥龙蟠也。”

2020 年 9 月，我用集字的方式，补充完成王阳明书周敦颐《太极图说》（清末填墨本）在流传过程中缺失的 91 个字。

为此，我写了一篇《书禅记》为记：王阳明一代儒宗，自言“乃知古人随时随事只在心上学，此心精明，字好亦在其中”。大儒心印，圣贤气象，如月照水，历历在目。

2021 年 7 月 21 日，中国文联《中国艺术报》刊发我的创作谈《画禅记》，后来我又写了《诗禅记》。

诗禅、书禅、画禅既是我对“艺禅互见”的思考，也是我对苏东坡“诗不能尽，溢而为书，变而为画，皆诗之余”之论的实践。

2024 年 3 月，“大美天成·张家界——旷小津山水画展”在湖南现代美术馆成功举行，我以《山川无极》为题撰写了《旷小津山水画述评》。

2024 年 12 月 26 日，“山川无极——旷小津艺术作品展”在中国美术馆开幕。感谢湖南省文联副主席、湖南省美协主席旷小津先生的信任，将《山川无极——旷小津山水画述评》作为展览前言。

“山川无极”出自 1500 年前刘勰的《文心雕龙》。

《文心雕龙·辨骚第五》：“赞曰：不有屈原，岂见《离骚》。惊才风逸，壮志烟高。山川无极，情理实劳。”

曾国藩在为《湖南文征》写序时，高度评价屈原、周敦颐：“《离骚》诸篇为后世言情韵者所祖。逮乎宋世，周子复生于斯，作《太极图说》《通书》，为后世言义理者所祖。两贤者，皆前无师承，创立高文。上与《诗经》《周易》同风，下而百代逸才举莫能越其范围，而况湖湘后进沾被流风者乎。”

山川无极。

文脉千载。

斯文湖南。

《山川无极》一书主要收录了近年我为湖南文艺名家和“中国国家画院长江主题美术作品巡展（湖南站）”“潇湘风采·湖南美术创作工程暨选送作品参加第十四届全国美术作品展”等主题创作所撰写的评论文章，旨在传承文脉，致敬先贤，文以载道。

2025 年 3 月 20 日（春分）于长沙

目录

【壹】

【贰】

【叁】

【肆】

【伍】

【陆】

【壹】

莲想

莲，被子植物中起源最早的物种之一。关于莲的想象，可以追溯到一亿四千万年前。

“山有扶苏，隰有荷华”，《诗经》的莲想“思无邪”。

“制芰荷以为衣兮，集芙蓉以为裳”，《离骚》的莲想“其信芳”。

晋代《尔雅图赞·芙蓉赞》载：“芙蓉丽草，一曰泽芝。泛叶云布，映波赮熙。伯阳（老子）是食，飨比灵期。”莲道合一，道法自然。

孟浩然在《题大禹寺义公禅房》诗中点赞高僧义公：“看取莲花净，应知不染心。”《妙法莲华经》以莲花喻佛法，“华果具，多可譬。因含万行，果圆万德，故以为譬”。莲佛合一，无上清凉。

周敦颐爱莲，“莲，花之君子者也”。“莲”寓“廉”。《孟子》云：“廉，人之高行也。”莲儒合一，至诚主静，立人极焉。

八大山人画莲，“尝写菡萏一枝，半开池中，败叶离披，横斜水面，生意勃然”。人莲合一，无法之法，万法皆禅。

一花一世界。

赵涛作品《荷图》 2025 年

一叶一菩提。

一果一乾坤。

莲想万象，大道如一。

鱼兮

赵涛作品《鱼图》 2023 年

《庄子》以“北冥有鱼”开篇，怒而飞，逍遥游。

江南可采莲，莲叶何田田。鱼戏莲叶间。一曲《江南》，嬉游得时，文情恣肆。

唐代，百丈怀海禅师始立天下丛林规式，谓之清规。

《百丈清规》载：“相传云，鱼昼夜常醒，刻木象形，击之，所以惊昏惰也。”

百丈怀海禅师融儒家秩序，创宗立制，“天下禅宗如风偃草，禅门独行由海之始也。”

“鱼满三百六十年则为蛟龙，引飞而去。”鱼龙变化，石破天惊。

明代徐渭笔走龙蛇，以狂草书入画，创大写意画法：“我昔画尺鳞，人问此何鱼。我亦不能答，张颠狂草书。”

齐白石于徐渭、八大、石涛“心极服之，恨不生前三百年，或求为诸君磨墨理纸”，苦把流光换画禅，以鱼寓“有余”“长年”“大贵”之意。

鱼兮。人所欲也。

鱼兮。我所欲也。

万经堂记

自舜歌《南风》，屈子天问，七祖磨镜，濂溪图说，朱张会讲，船山开生面，楚材斯盛也。

吾本楚人，忝列文联，时以笔墨问道于方家。甲午，始书经典，志为日课。乙未，主编《千年湖湘书院图记》，文以化人，书院弘道，先贤“传道而济斯民”，壮哉！

传承文脉，致敬先贤。吾当一片冰心映万卷。感慨系之，遂自名书屋曰“万经堂”，并以“万经堂主”自署。

是为记。

时公元二〇一五年十月七日。

诗禅记

壬寅夏，端午至，当有诗。

忽登最高塔，眼界穷大千——北宋元丰二年（1079），苏轼调任湖州知州，五月初五日，游山、品茗、登高，作《端午遍游诸寺得禅字》。

苏轼“挟以文章妙天下，忠义之气贯日月”，诗书画三绝。他在《文与可画墨竹屏风赞》论曰：“诗不能尽，溢而为书，变而为画，皆诗之余。”吾于此语，尤为会心，以“禅”证之，先作《画禅记》，再作《书禅记》，今作《诗禅记》。

诗禅者，意在以诗悟禅，若句句直奔禅旨，反而不妙。诚如古人所云，语中有语，名为死句；语中无语，名为活句，方为诗之妙处。画禅亦如是，书禅亦如是。

宋代严羽《沧浪诗话》言：“大抵禅道惟在妙悟，诗道亦在妙悟。”

诗者，志之所之也。在心为志，发言为诗。于自我最为幽微的观照，不是哲学，而是诗。

余年少，与徐君世昌、何君卫国、肖君连军以诗会友，创《世纪风》，以文艺青年自任。而今白发催年老，诗心尚在梦里。

诗禅之悟，一言以蔽之，皆自心出。

其一，同心。

王维诗言：“与我同心人，乐道安贫者。”

王维“不用禅语，时得禅理”，以“诗佛”之尊，通音律，工书画，自叹“宿世谬词客，前身应画师”，与天地同心，与万物为一，以澄净之心映照世界大千。王维倡导“夫画道之中，水墨为上，肇自然之性，成造化之功”，苏轼赞其“诗中有画，画中有诗”，被誉为文人画之鼻祖。

其二，清心。

巨儒黄宗羲言：“诗是至清之物。”

李白“昔在朗陵东，学禅白眉空”，一生亦道、亦释、亦儒，其《清溪行》曰：“清溪清我心，水色异诸水。”

唐天宝三年（744），李白游王屋山阳台宫，寻访“仙宗十友”之一司马承祯，司马承祯已仙逝，惟睹其画，有感而书《上阳台帖》：“山高水长，物象千万。非有老笔，清壮何穷。十八日上阳台书，太白。”

《上阳台帖》乃“诗仙”唯一传世的书法真迹。元代张晏跋曰：“谪仙书传世绝少，尝云：欧、虞、褚、陆真奴书耳。自以流出于胸中，非若他人积习可到。观其飘飘然有凌云之态，高出尘寰得物外之妙。尝遍观晋唐法帖，而忽展此书，不觉令人清爽。”

其三，安心。

苏轼贯通儒释道三家，有“开悟”之诗：“只从半夜安心后，失却当前觉痛人。”

明代茅坤评苏轼：“无论学禅、学圣贤，均从笃行上立脚。”

安心笃行，技道并进。亦如苏轼《跋秦少游书》所云：“少游近日草书，便有东晋风味，作诗增奇丽。乃知此人不可使闲，遂兼百技矣。技进而道不进则不可，少游乃技道两进也。”

此心安处是吾乡。

元好问《陶然集诗序》一语道破：“方外之学，有‘为道日损’之说，又有‘学至于无学’之说。诗家亦有之。子美夔州以后，乐天香山以后，东坡南海以后，皆不烦绳削而自合，非技进于道者能之乎。诗家所以异于方外者，渠辈谈道不在文字，不离文字。诗家圣处不离文字，不在文字。唐贤所为，情性之外不知有文字云耳。”

书禅记

余少时，学书于刘公本美，始临《怀仁集王羲之书圣教序》，“承至言于先圣，受真教于上贤”，又上溯汉碑，潜心颜真卿、杨凝式及宋四家，博观约取，聊以自娱。

辛丑（2021）夏，《中国艺术报》载拙文《画禅记》。或曰：亦可作《书禅记》。

书，心画也。禅，明心也。书禅不二，以心印心，前人所论备矣。余幸得见王阳明书周敦颐《太极图说》，叹缺九十余字，乃不揣愚陋，接踵先贤，以王阳明手迹集字，始成完璧。王阳明一代儒宗，自言“乃知古人随时随事只在心上学，此心精明，字好亦在其中”。大儒心印，圣贤气象。如月照水，历历在目。书禅之道，无非三要。

一曰以“顿悟”为要，求“变”。

禅贵悟，书求变。唐代释亚栖《论书》曰：“凡书通即变。王变白云体，欧变右军体，柳变欧阳体，永禅师、褚遂良、颜真卿、李邕、虞世南等，并得书中法，后皆自变其体，以传后世，俱得垂名，若执法不变，纵能入石三分，亦被号为书奴，终非自立之体。是书家之大要。”书禅之要，发于心源，成于了悟。张旭“见公孙氏舞剑器，而得其神”，黄庭坚“见

赵涛作品《平常心》 2023年

长年荡桨，乃悟笔法”。即时豁然，识心见性，书禅合一。

二曰以“无法”为要，悟“道”。

禅，以无法而法，乃为至法。学古不泥古、破法不悖法。黄庭坚“以禅入书”，其《书家弟幼安作草后》曰：“老夫作书，本无法也，但观世间万缘，如蚊纳聚散，未尝一事横于胸中，故不择笔墨，遇纸则书，纸尽则已，亦不计较工拙与人之品藻讥弹。”苏东坡亦有诗言：“我书意造本无法，点画信手烦推求。”又言：“有道有艺。有道而不艺，则物虽形于心，不形于手。”艺道两讲，心手双畅，书禅合一。

三曰以“用笔”为要，取“势”。

“以翰墨为天下倡”的赵孟頫“喜禅悦之游”，标举二王，“篆、籀、分、隶、真、行草书无不冠绝古今”，其著名的《兰亭十三跋》论曰：“书法以用笔为上，而结字亦须用工，盖结字因时相传，用笔千古不易。右军字势，古法一变，其雄秀之气出于天然，故古今以为师法。”禅，雨棒雷喝，石火电光。书，肇于自然，坠石阵云。清人周星莲《临池管见》曰：“所谓千古不易者，指笔之肌理言之，非指笔之面目言之也。

谓笔锋落纸，势如破竹，分肌劈理，因势利导。”张旭“挥毫落纸如云烟”，怀素“须臾扫尽数千张”，赵孟頫“落笔如风雨，一日能书一万字”。外师造化，直指人心，书禅合一。

清嘉庆十七年（1812），伊秉绶以其超绝古格的隶书，对竹写下“书禅默证”四字。青青翠竹，皆是法身，郁郁黄花，无非般若。书禅之道，亦如是哉。

画禅记

余近来作画，仅一鱼、一花、一叶而已，自云画禅，其要凡三。

一曰以画悟禅，以“简”为要——顿悟“本来无一物，何处惹尘埃”的空性之境。

大道至简，画禅唯简。

中国画历来求“简”，唐代张彦远赞吴道子“笔才一二，像已应焉”。

林语堂《苏东坡传》第二十章“国画”写道：苏东坡自幼年即仰慕吴道子，他在黄州的那些年，一直倾其全部时光致力于绘画。……要看极端印象主义艺术极端的例子，在八大山人的一只鸡和一条鱼上，或者石涛的果园上，都很容易看出来。不管画的是鱼、是鸡、是鸟，八大山人的艺术可以看作用最少的线条、最少的墨，表现最多的内容的艺术。

八大山人是中国绘画史上卓然自立的“清初四僧”之一。齐白石一生崇尚、追慕八大山人，91 岁时自题“白石与雪个（八大山人）同肝胆”。

二曰以画见禅，以“我”为要——洞见“宇宙便是吾心，吾心即是宇宙”的圣人之道。

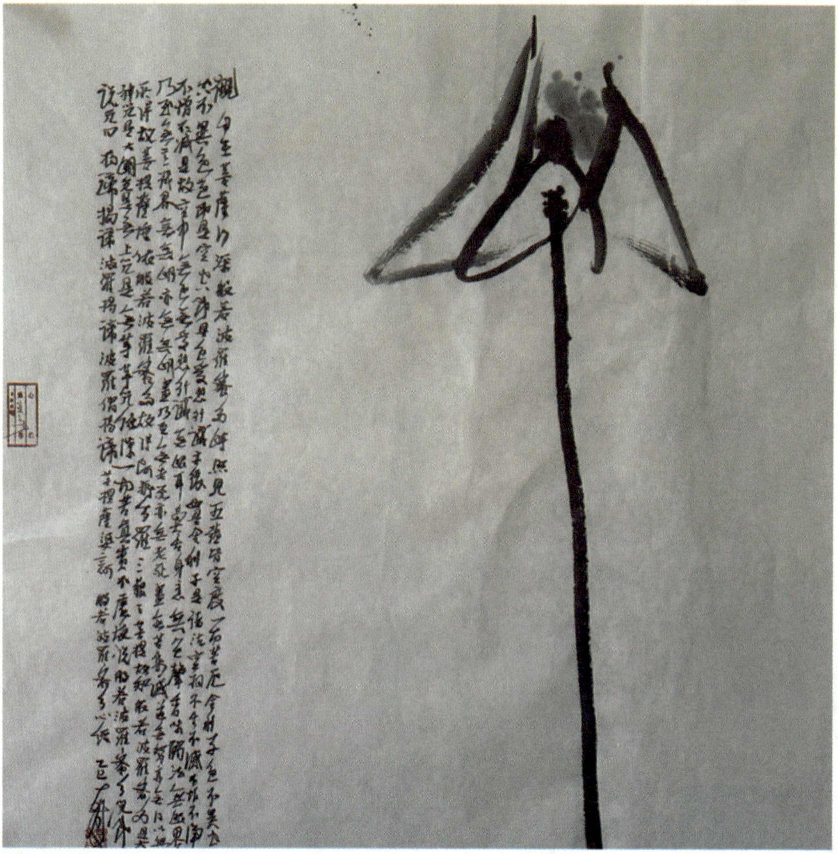

赵涛作品《莲图》

苏东坡云：“文以达吾心，画以适吾意而已。”

石涛直言“我自用我法”“纵使笔不笔，墨不墨，画不画，自有我在”。

石涛既是绘画实践的探索者、革新者，又是艺术理论家，著《苦瓜和尚画语录》，倡著名的“一画论”。

一画之法，乃自我立。

以画见禅，如见我心。

三曰以画行禅，以“静”为要——躬行“致虚极，守静笃”的修持之法。

潘天寿要求学生：“作画须入静，无杂念，这正是僧心所在。”

清人黄本骥则言画者因“静”而多寿，他的《阙雯山八十寿序》说：“余则谓画家凝神一志，如道流之调息，释氏之结趺，终日据案，不为外物所扰，得仁者之静，静故能寿。”

明代大书画家董其昌自名书斋为“画禅室”“墨禅轩”，以禅喻画，影响甚巨。

董其昌临巨然画题右：友人以巨然《松阴论古图》售于余者，余悬之画禅室，合乐以享同观者。复秉烛扫二图，厥明以示客。客曰：“君参巨然禅机，于一宿觉矣。”

巨然，五代宋初画僧，“善为烟岚气象，山川高旷之景”。董其昌一宿参透巨然禅机，方知画禅一味，画即是禅。

余自幼习书画，心追古人，兀兀穷年，恨无所得，然于画禅略有所感，故记之。

——此文原载 2021 年 7 月 21 日《中国艺术报》

赵涛作品《平安图》

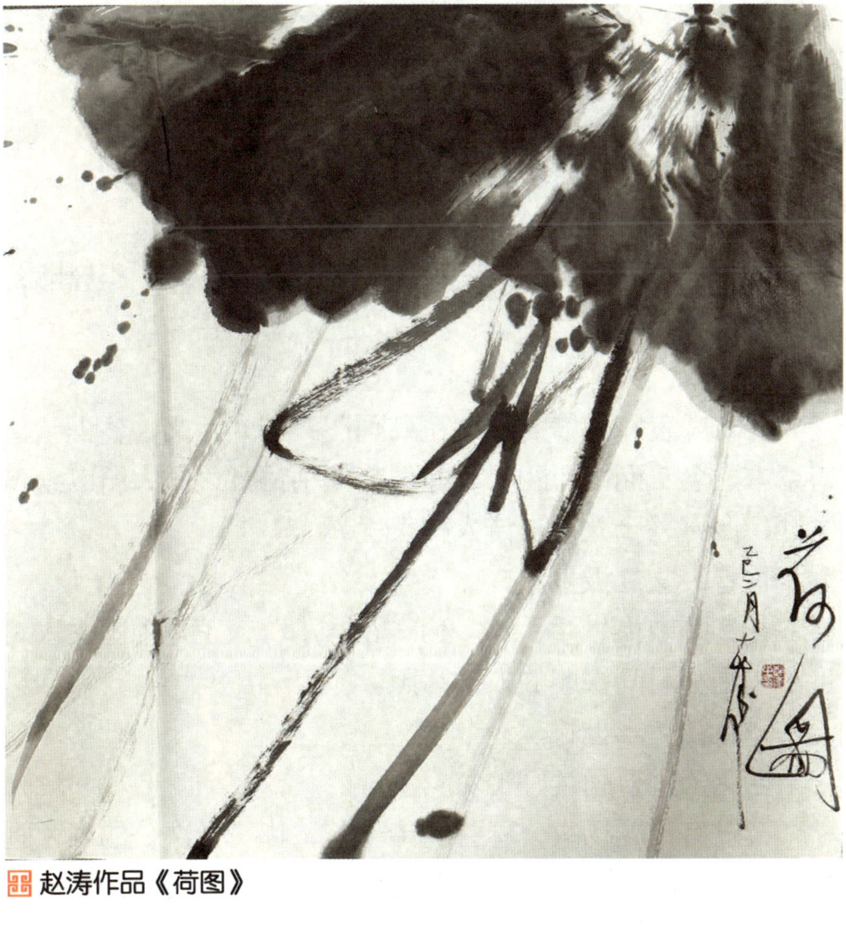

赵涛作品《荷图》

吾道兰来

友从山中来，带着兰花草，嘱予作《兰风图》。

沅有芷兮澧有兰。

屈子行吟湖湘，香草美人，依《诗》取兴，引类譬喻，作《离骚》，创“楚辞”，独立不迁，彪炳古今。

诗如此，画亦然。

北宋《宣和画谱》论“花鸟画”：诗人六义，多识于鸟兽草本之名，而律历四时，亦记其荣枯语默之候，所以绘事之妙，多寓兴于此，与诗人相表里焉。

画者，文之极也。

花鸟画中梅、兰、竹、菊“四君子”，正是中国文人对生命本源和时间秩序的人文写照。

一生兰，半世竹。

兰之为画，画兰好难。

苏轼有《题杨次公春兰》诗一首，称赞杨次公的春兰画得好：“丹青写真色，欲补《离骚》传。对之如灵均（屈原），冠佩不敢燕。”

画道之中，水墨为上。

写兰之妙，气韵为先。

2022年2月，湖南省文联603办公室。全朝晖摄影

因此，自古画兰多水墨。

《芥子园画传·兰谱·画法源流》载："画兰墨自郑所南、赵彝斋、管仲姬后，相继而起者，代不乏人。"

吴昌硕以篆法画兰，自言"戏为幽兰一写真"，自信"中有《离骚》千古意"。

齐白石八十五岁时写兰，题跋感叹："凡作画须脱画家习气，自有独到处。"

空谷幽兰，无人自芳。

香草美人，历久弥新。

我近来画兰，今见齐翁此语，方悟须以本心见兰心，以兰心见文心，故以"吾道兰来"记之。

吾性自竹

家山有竹，吾少时流连其间，今已茂林深篁，回首处，竹影娑婆，疑有故人来。

独坐幽篁里，弹琴复长啸。深林人不知，明月来相照。王维看竹、看风、看明月，一定是看见了自己的深情。

苏东坡赞王维“诗中有画，画中有诗”，今西安碑林有《王维画竹》石刻。

“可使食无肉，不可居无竹。无肉令人瘦，无竹令人俗”的苏东坡更爱画竹，他的好朋友文与可以深墨为面，淡墨为背画墨竹，创“湖州竹派”。

苏东坡主张“性与画会”，并向文与可学墨竹画，分析文与可竹子画得好是因为“画竹必先得成竹于胸中”，自言“吾为墨竹，尽得与可之法”。

“元人冠冕”赵孟頫善画竹，以书法入画：“石如飞白木如籀，写竹还应八法通。若也有人能会此，方知书画本来同。”

“书画同源”为文人画奠定理论基石，明代王世贞评价说：“文人画起自东坡，至松雪（赵孟頫）敞开大门。”

明代画坛奇才徐渭直接以狂草笔法入画，“写竹略形似，

赵涛作品《竹图》

只取叶底潇潇意”，论画常道“悦性弄情”，张岱评其“书中有画，画中有书”。

“青藤（徐渭）门下牛马走”的郑板桥一生画竹，“四十年来画竹枝，日间挥写夜间思。冗繁削尽留清瘦，画到生时是熟时。”

吾曾作《画禅记》，常以画禅之道画竹，独爱板桥老人之“清瘦”，私淑其人，于其“文与可画竹胸有成竹，郑板桥画竹胸无成竹，成竹、无竹其实只是一个道理”之论若有所悟。

大道至简，画竹之道，吾性自竹。

湖南韩公亭记

一千二百多年前，韩愈经长沙，登罗洋山（今湖南烈士公园年嘉湖北侧），作诗《罗洋远眺》。

韩愈，唐宋八大家之首，“文起八代之衰，而道济天下之溺”，发起古文运动，倡导文以载道。其《原道》言：“尧以是传之舜，舜以是传之禹，禹以是传之汤，汤以是传之文、武、周公，文、武、周公传之孔子，孔子传之孟轲。”阐发儒家之道的传承脉络和系统。

文以载道，弘大文脉。亭以传道，致敬先贤。湖南省地方志编纂院遂于院内罗洋山顶建韩公亭。亭为六角，红柱飞檐，翼然卓立，吐纳云气，江山一览。亭联曰：翠染罗洋山，久历沧桑留永唱；书盈方志馆，矢勤积淀写春秋。

治天下者以史为鉴，治郡国者以志为鉴。地方志“乃一方之全史”，具有存史、资政、育人的重要作用。

韩愈曾任史官修撰，其论曰：“今之所以知古，后之所以知今，不可口传，必凭诸史。”

欲知大道，必先为史。千秋伟业，大党百年。湖南省地方志编纂院党组书记、院长江涌任编委会主任，主编《湖南地方志》并将刊名改为《韩公亭》，联合中国地方志指导小

长沙市罗洋山顶（湖南省地方志编纂院内）韩公亭　陈先枢摄

组办公室主办首届“韩公亭杯”全国地方志理论研究征文活动。同时，嘱我参与策划编纂《万山红遍——百年大党的湖南征程》大型文献图书。

以史为鉴、开创未来。砥砺初心、勇毅前行。《韩公亭》今出刊 6 期，立足湖南、面向全国，影响主流、令人瞩目。

湖南方志人以强烈的历史主动精神，坚定文化自信，坚持创造性转化、创新性发展，承担为党立言、为国存史、为民修志的时代使命，矢志谱写以“中国之志”见证“中国之治”的湖南华章。

江山无限景，都聚一亭中。

韩愈四过湖南，曾登衡阳石鼓山合江亭。合江亭始建于唐贞元三年（787），屡经废兴。民国年间，张翰仪见亭宇摧毁，“因谋于衡阳人士，鸠工庀材，重新其栋宇”，并作《重修衡阳石鼓合江亭记》曰：“天下之治乱系乎学，山川亭阁之显晦系乎人”，“凡游斯亭者，果能相与倡正学以正人心，正人心以治天下，如先儒之所为，则天下不敝，道以不敝”。

人同此心，心同此理。古往今来，概莫能外。游韩公亭、阅《韩公亭》，心追韩公，感思今古，其义当如是也。

2022 年 3 月于长沙

归阳状元桥记

吾邑归阳，汉启文运，青瓷肇基，唐兴窑火，辉映铜官，迄今一千八百年矣。

江山胜迹，多传神异。邑有石拱桥，跨白河，濒湘江，上承濂溪正脉，远瞻天南岳峙，仙人灵印，状元妙对，故名状元桥，逾五百年矣。

甘君建华，湖湘文士，精研文史，嘱曰："宋人路振乃邑先贤也，记状元桥必记之。"路公振，十岁听讲《阴符》，裁百言而止，曰："百言演道足矣！"其父大奇之。淳化及第，殿试作赋，尤为典赡，太宗嘉之，擢置甲科。

吾少时，唐师玉桃女史命作《状元桥游记》，湘水流深，舟楫往还，逝者如斯夫，不知当时有何感言。而今吾撰此记，鬓须已白，更觉圣人之言畏哉！

桥名状元，乃邑人光大人文，鼓舞文气是也。然五百年而不显于世，岂非大隐！

戊子（2008）岁，归阳工业园始创，三千余亩，厂房林立，大道纵横，古邑为之巨变。蔚然大观，文旅粲然，斯桥乃成网红打卡地也。

古人云："天下有极盛之事，当其时不甚传，越数百年

归阳状元桥　何凌云摄

而始著者。盖莫不有数焉存乎其间，而唯得创制之本意者，足以永其传于不斁。”诚哉斯言！

时辛丑（2021）秋日于长沙城北

桃花溪记

古城长沙，开福北兴，一溪南来，名曰桃花。闻其名而彰其大美，临其境必赞其大观。

圣人之治，其枢在水。戊戌（2018）春，习近平总书记考察长江，过荆州，入洞庭，纵论古今，嘱托湖南，“守护好一江碧水”。

大道行思，以水为师。老子言水有七德，几近于道。孔子曰“见大水必观”。开福区以民生为要，守初心、办实事，推桃花溪流域绿色发展，建强盛精美幸福厚德新开福。

水者，地之血气也。桃花溪源起“福地洞天”，珠联黑麋峰之奇、青竹湖之幽、秀峰山之静、楚家湖之丽、苏托垸之美，汇流于捞刀河。同湘江奔浪、洞庭涌波、长江归海，映开福时代之变，一脉贯注，万千气象。

山川之美，古来共谈。周南之桃，灼灼。桃源之桃，缤纷。桃溪之桃，八景聚福也。曰枕水禅院、山野牧歌、研学湿地、十里桃林、秘境酒店、大悦小镇、荷韵藕香、竹隐创园。更有十二福桥竞秀，绿道交互，云巴穿行，复苏“城市乡愁”，

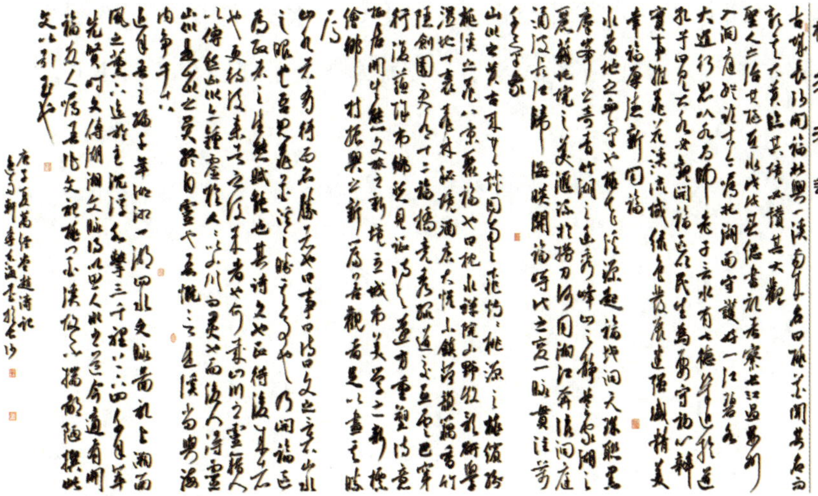

李东海书《桃花溪记》

见证“诗与远方”，重塑“诗意栖居”，开生态文旅之新境，立城市美学之新标，绘乡村振兴之新篇，善观者足以尽其胜焉。

山水者，有待而名胜者也：曰事，曰诗，曰文。此三者，山水之眼也。吾思桃花溪之胜，其事也，乃开福区为政者之生态赋能也。其诗文也，正待后来者也，更待后来者之后来者也。何哉，山川之灵，藉人以传。然山川亦钟灵于人，人以山川而灵也，而后人得灵山川，是山川之灵终自灵也。吾慨言：“是溪当与海内争千古！”

近年，余主编《千年湖湘“一湖四水”文脉图记》，上溯“南风之薰”，下迄“谁主沉浮”，水击三千里，上下四千年，萃先贤时文，传湖湘文脉，得以思人水之道。今适有开福友人嘱予作文以记桃花溪，故不揣鄙陋，撰此文以引玉也。

【贰】

永远的《山道弯弯》

——访谭谈

如果要以武侠之笔来写湖湘文坛，谭谈无疑是一代高手，他的功夫可谓自成一家。

而今，谭谈已是一位成果丰硕的作家了。他的文章道德令人景仰，但我们更难忘他的《山道弯弯》。《山道弯弯》发表于1981年《芙蓉》第一期，并获第二届全国中篇小说奖。《山道弯弯》既没有“过度政治化”的浓妆重彩，也没有“伤痕文学”的冷静反思，作品的清新脱俗在社会上引起了巨大的反响，《小说月报》最先于当年第6期转载。随后，全国十几家电影制片厂要求把小说改编成电影剧本。几经协商，最后由西安电影制片厂改编成电影《山道弯弯》。该片参加了第19届意大利电影节，并作为国家慰问在美的中国留学生的几部经典影片之一。后来，50多个国家和地区都购买了该电影的拷贝。由于《山道弯弯》所蕴含的永恒魅力，在港、澳、台地区也受到了许多观众特别是大学生的喜爱。

电影还未拍出时，《文汇报》《解放日报》报道了上海电视台播出的《山道弯弯》电视剧。上海人的这种快节奏让谭谈颇感意外，遂写信给上海市委宣传部、上海电视台对自己未经作者同意就擅自改编的做法马上向谭谈道歉。甘肃电视台也拍了电视剧，依然用《山道弯弯》作为剧名。江苏人民广播电台连播《山道弯弯》，接着又改编成广播剧。作品的巨大成功引起了评论界的高度关注，《文艺报》最先在显著的位置对《山道弯弯》发表了评论。接下来，全国数十家报刊均刊载了评论文章。这些评论既有来自国内评论界的名家如曾镇南、陆建华，也有来自全国各地的普通读者和观众。

《山道弯弯》的成功，并不是一般意义上的作品写得好，更在于作品中主人公所表现出来的中华民族传统美德。可以说，作品中“人性”的光芒征服了每一个人。《山道弯弯》中美与丑的冲击、雅与俗的交融，充分体现了谭谈对小说艺术出神入化的把握。在短短的时间内，全国共有 60 余家剧团把《山道弯弯》改编成地方戏，《人民画报》也选发了各地的精彩剧照。江苏剧团改编的京剧在江苏省文艺汇演中获一等奖。

看似寻常最奇崛，成如容易却艰辛。

谭谈以他深厚的人生底蕴和娴熟的写作技巧，创作了中国当代文学史上不可磨灭的篇章。正如他在文学自传中所告诉我们的一样：永远的《山道弯弯》，永远的人生路弯弯。

——此文原载 2002 年《作家与社会报》

斯文在字

——肖凌之《人生如字》一书的人和事

正是十月，秋风劲，秋歌长。

南朝民歌《子夜四时歌·秋歌》写道：“愿天无霜雪，梧子结千年。”“梧子”本指梧桐树所结的果实，歌中谐音“吾子”，即女子心爱的男子。千年一歌，见证爱之永恒，辉映谐音汉字的亘古芳华。正如肖凌之《人生如字——谐音字趣谈》一书所绽放的“谐”趣与“哲”理，以字而悟，以悟而文，以文传道。

传说仓颉造字，“天为雨粟，鬼为夜哭，龙为潜藏”。文字，成为照亮人类文明的第一缕曙光。

公元121年，许慎写就《说文解字》。自叙“盖文字者，经艺之本，王政之始，前人所以垂后，后人所以识古。故曰：本立而道生，知天下之至啧而不可乱也”。许慎将汉字的形、音、义予以规范和统一，并开部首检字之先河，成为文字学史上的重大创新。

“始终有一种学习和思考新事物习惯”的肖凌之以字而悟，对“德”与“得”、“省”与“醒”、“为”与“位”、“悟”与“误”、“官”与“管”等谐音汉字进行揭示、梳理、归纳、提炼，言之成理，审察人生，观照社会，旁征博引，精准释读，逻辑精严，以“谐音字与人生”为原创文本和人文课题，钩沉“人生如字”的源与流，点睛中国文字的道与理。

肖凌之，曾用名肖顺碑，笔名石川，生于湘西南一个叫月塘的山村，读过中师，当过中学老师，后到大学接受本科和研究生教育，获教育学硕士学位。之后，在湖南省地方和省直党政机关工作。其丰富的经历与阅历也是一部书。

从他人处得知，石川笔名颇富励志意蕴，取自“顺、碑”二字的左部，谐音“石穿”，寓意“水滴石穿”。水滴石穿，踏石留印，抓铁有痕。人生如字，人如其名，其意义不言而喻，映射出作者崇学为文、干事创业之风骨。

自 2017 年 11 月至 2019 年 3 月，今日女报 / 凤网全媒体“石川有悟”专栏刊发“谐音汉字、谐趣人生”文章 70 篇，《人民日报》《光明日报》选登了近 20 篇，我国读者群最大的文摘类报纸《中国剪报》也几乎悉数选摘。以悟而文，思想闪光，这正是一个在繁忙工作之余还坚持写作的国家公务员持之以恒、久久为功的真实写照。

月塘村属邵阳市新宁县。邵阳市古称宝庆府，地灵人杰，各领风骚，先贤魏源“睁眼看世界”，提出论学当以“经世致用”为宗，编撰《海国图志》，倡言“师夷之长技以制夷”。新宁县不仅山水秀丽，拥有世界自然遗产“丹霞之魂”的崀山奇美风景，而且出过刘坤一、刘长佑、江忠源等影响过中国的历史人物，具有经文纬武的优良传统。

肖凌之 16 岁就读武冈师范，砥砺“厚生立学、厚德树人”

之人文初心。教书三年后，又考入湖南师大。课余，问道岳麓，激扬文字，犹如魏源当年入学岳麓书院《晚步寻爱晚亭至岳麓寺》“咏归谢童冠，意行无远近”之风华。

文脉化人，生生不息。

斯文在字，历久弥新。

一个社会如果充满“潮”与“超”的氛围，国家就愈益强大，民族就愈有希望；只有坚持“诚”与“成”结合，遵循“诚成因果”，“诚”的意义才能得以拓展与彰显，“成”的结果才会利己利人利社会；在人生的丰富和事物的发展中，“闯”是“创”的条件，“创”是“闯”的结果，没有“闯”不可能有所“创”，有了“闯”方可拥有“创”的希望和喜悦；一生能如“莲”，一生必为“廉”……以悟而文，娓娓道来，匠心独运，探寻湖湘文脉的赓续与鼎新。

从某种意义上来说，“中华文化上下五千年”就是指汉民族使用汉字的历史以及有文字记载的汉民族历史可以追溯到五千年以前。

汉字形美如画、音美如歌、意美如诗，不仅是中华文明赖以存在的根本，更是中华民族走向未来，实现伟大复兴中国梦的文化自信。只有了解汉字、理解汉字并能领会汉字的文化之道，才能把握中华文化的精髓，从根本上传承中华优秀传统文化。

如同作者在《“旧”与“久”》中的思辨：“旧”而有用、“旧”而珍贵的东西，是应该让其不断地延续下去，传之“久”远，我们应该为之付出必要的努力。做到了这一点，也就诠释出了“旧”与“久”的辩证关系。

作为党和国家政治读物出版机构，人民出版社对“谐音字趣谈”系列文章积极关注，并结集出版，为国人对汉字的信仰赋能，以文传道，生动践行“中华优秀传统文化的创造性转化和创新性发展”，影响之积极，令人振奋。

阅读蔡测海

面对蔡测海，我更愿意以一种阅读的方式走进他的心灵。蔡的儒雅感染了我，如同窗外那一片阳光，让人倍感平和，平和中还带着一份惬意。

蔡测海，名如其人，不经意间便诠释了他为人为文的风骨。

1979 年，那时的他还在龙山县人民医院工作。湘西的风俗人情启迪了他的文学梦想。《刻在记忆石壁上》是他的处女作，标题的诗意空灵，最先透露出他诗人的情怀和文人的魅力。这篇散文的发表在社会上引起了很大的反响，这也坚定了蔡测海对文学的追求和攀越。

两年之后，他的短篇小说《远去的伐木声》在《民族文学》发表了。同样诗意葱茏的文题，却以小说家的笔触来表达。这种表达更多的是来源于一种模糊的本真，抑或是一种薪火相传的感悟。《远去的伐木声》为蔡赢得了喝彩，该文在新中国成立 30 周年全省征文比赛中获一等奖，在全国少数民族文学创作中获一等奖，并获得了第二届全国优秀短篇小说奖。这些荣誉的取得，使蔡声名鹊起，在湖南文坛头角峥嵘。诚然，对一个作家来说，掌声和奖杯永远不是最高的褒扬。但文学这项孤寂的事业，也需要社会的认同和支持。

《远去的伐木声》的成功对我是一种巨大的激励。这种激励给了我更多的创作激情，也让我选择了小说这面镜子，来观照社会人生。蔡测海点燃一支烟，他的叙说给了我一种阅读上的快意。

1981 年，蔡调入湖南人民广播电台，边做记者，边写小说。这是一种跨越，这种跨越对人生来说是巨大的。从边城到都市，从医院到电台，蔡测海完成了一次突围。这种突围催生了他对小说艺术的真切把握。这种把握是否也浸润了那块土地所蕴含的灵动和大气。蔡深情地说，在我生活的那块土地上，曾涌现了一个个世界级的大师。在文学上，沈从文对我的影响是巨大的，这种影响更多的是一种总体的熏陶。沈从文在文学上所呈现的境界，是我一生追求的标尺！沈老的绝笔，就是为我的小说集《今天的太阳》题写的书名。这对我是一笔巨大的精神财富，也是沈老对后辈的殷切期待。当然，沈的出现带有历史的必然性和偶然性。湘西毕竟太陈旧了，它的沧桑，它的贫弱，都需要文明的呵护和财富的滋养。在这块土地上，要再孕育出沈老这样的大师，现在几乎是不可能的了。

1984 年，蔡进入湖南省作协，成为一名专业作家。短短的五年时间，蔡终于选择了作家作为自己的终身职业。他也开始以一位专业作家的眼光和责任来面对社会和时代。蔡告诉我说，迄今为止，他已发表作品一百多万字，出版的著作有长篇小说两部、小说集三部、中篇小说三十多篇、短篇小说一百多篇，作品被译成英文、法文、日文，在东南亚的华人圈中也颇具影响，并在台湾地区获得过三次文学大奖。近两年来，他的文学随笔精品迭出，在《中国妇女报》《今晚报》《粤港信息报》《三湘都市报》都开辟了专栏。他现在还担任全省青联委员、全国少数民族文学委员会委员、湖南省政协委员。

许多人都说，蔡的评论写得好。一个好字，便足以概括蔡作为一个文学批评家的分量。他的文学评论独树一帜，与众不同。这也显示了他对文学的独到直觉和感悟力。蔡的评论是高屋建瓴地把握作品，他的思想的穿透力和观念的前瞻性让人叹服。对作家的认同，大都是从作品开始的，虽然钱锺书先生以他特有的幽默说，我们只管鸡蛋好吃就可以了，不必一定要认识下蛋的鸡。对蔡的评论，我读得不多，但当我面对的不仅仅是文字还有作家本人时，又增添了一份感动和领悟。

蔡的优雅是否掩盖了他的激情？他的谈吐是温文尔雅的，这与他的作品风格是否有些相悖。这也说明了观其文还要观其人的必要。作为一个专业作家，他的忙与闲，他的苦与乐，他的超脱与务实，他此刻的冲淡平和与行文的热切遒劲……我以无知者无畏的勇气，尝试着深入这个“文本”之中。

我问他，蔡老师，目前你认为最应该干的事、最有意义的事是什么？他几乎毫不犹豫地说，是写作！我正在写一部长篇小说《非常良民陈次包》，塑造一个中国民间的“好兵帅克”式的人物。另外，就是写一个电视剧本《公仆龙清秀》。

龙是湖南省原扶贫办主任，足迹遍布三湘大地。她的兢兢业业、呕心沥血，堪为典范。因为良知，因为责任，蔡现在正全身心地投入这两部作品的创作中。他永远把关注的目光投注在社会的中坚力量上，投注在时代的主流上。蔡说，自己笔下的人物都是现实生活中的真人真事，他们的一言一行深深地感动着每一个人。谈及作家如何面对经济大潮的冲击，固守自己的精神家园时，蔡更多地呈现出诗人的激情。他说，作为作家，作为知识分子，要敢于向丑恶挑战，还要善于向传统学习。

“文章千古事，得失寸心知。”古人的虔诚让人感动。谈到创作的得失，蔡淡淡一笑，有一种哲人般的超然。我暂时读不懂他这微笑的含义。也许，这就是蔡所推崇和追求的境界吧。

——此文原载 2002 年《作家与社会报》

子夜听江声

——廖静仁先生印象

已是九月，长沙有雨，秋意又浓，江声犹急。

朋友圈看到廖静仁先生的第一部长篇小说《白驹》在月底将由湖南文艺出版社出版，转发一片，点赞一片。

资水汤汤。

白驹过隙。

在沉寂和沉淀了若干年后，他终于再一次豪情归来，为养育过他的资水以及安化父老乡亲奉上了心血力作《白驹》——评论界好评如潮。

白驹，多么遥远而诗性的字眼。

《诗经》里吟诵三千年："皎皎白驹，在彼空谷。生刍一束，其人如玉。毋金玉尔音，而有遐心。"

《庄子》曰："人生天地之间，若白驹之过隙，忽然而已。"时间都去哪里了，与廖静仁先生第一次见面已成十三年前的记忆。

其人如玉。

记忆温暖。

十三年前，在长沙市东风路下大垅东风二村湖南省作家协会办公楼六楼，廖静仁先生为“办好《湖南作家》，重振湘军雄风”砥砺前行。而我，当时只是一个还有些激情的文艺青年。

正如后来廖静仁先生为我的《凤凰涅槃》一书作序时写道：“第一次见到赵涛，他给我的印象有点憔悴。我因为工作的原因彼此谈及了对文学媒体运作的想法——我明显感觉到了他憔悴的目光下蛰伏的激情！文学是有力量的，这种力量如同阳光的号角，把蛰伏在他心底的文学之梦唤醒。”

是呀，文学是有力量的。文学的力量赋予了廖静仁先生山仁水智的本色气度和热血情怀。

这种力量是他的散文——《纤痕》《境界》《人生是一幅图画》《大山诲语》《风翻动大地的书页》《穿越村庄》的激越力量。

这种力量是“廖静仁——资水河畔的‘高尔基’”的执着。文学的力量也让廖静仁先生自此成为我工作上甘当人梯的好领导、见识上诲人不倦的好老师、人生中古道热肠的好兄长。

从湖南省作家协会调入湖南省文学艺术界联合会，从《湖南作家》杂志到《财富地理》杂志，从《湖南人文地理丛书》到《千年湖湘经世文鉴丛书》，从《中部崛起湖南区域文化与区域经济推动力丛书》到《千年诗经、千年游记丛书》，从《百年湖湘工业三部曲》到《千年湖湘胜迹图志》……在廖静仁先生的视野里，“文学的力量”不再仅仅是对个体生命和个人命运的观照，而成为关注湖湘文脉历史传承与时代鼎新的使命担当。中共湖南省委宣传部在报中宣部文艺局、省委常委、副省长等部门和领导的《阅评简报》上，先后以《阅读的革命》和《可贵的文化担当意识》为题撰文予以称赞。廖静仁先生为此殚精竭虑的心血付出，凡熟悉他的人无不叹服感动。

其后，廖静仁先生于湘江豪庭购置新居，自名“自觉楼”，自作《自觉铭》。朝看麓山枫红，夜听湘江涛声，游目骋怀，闲云野鹤，常在朋友圈以打油诗自觉而觉他，不亦快哉！

但梅山与资水的山魂水魄早已熔铸于廖静仁先生的血肉中，一如那位“办一事须了一事，如此心乃安然”的家乡人陶澍。

因此，以散文名世的廖静仁先生再次超越自我，毅然拿起了“一面在大街上走的镜子”，推出长篇小说《白驹》。

“一部全民抗日的草根英雄史、一幅浓墨重彩的安化民俗风情长卷”——《白驹》映照出的无疑是廖静仁先生关于文学与生命史诗般的自觉与思考。

夫天地者，万物之逆旅也；光阴者，百代之过客也。

资水东流。

湘江北去。

正是子夜。

江声铿锵。

2015 年 9 月 8 日子夜于长沙城北

从浏阳河到洞庭湖

——读胡玉明先生《血色洞庭忆春江》有感

浏阳河九道湾。

洞庭湖八百里。

水兮，湖湘之地脉！

血兮，湖湘之文脉！

八十年前，国学大师钱基博披阅百年以来湖湘学人典籍，撰《近百年湖南学风》，标举湖南“人杰地灵，大德迭起，前不见古人，后不见来者，宏识孤怀，涵今茹古，罔不有独立自由之思想，有坚强不磨之志节”，推崇“郭嵩焘、谭嗣同、章士钊变法维新以迄于革命”，皆是人伦楷模，风声所树。

谭嗣同，“戊戌六君子”之一，慨言“各国变法无不从流血而成，今日中国未闻有因变法而流血者，此国之所以不昌也。有之，请自嗣同始”，喋血菜市口，开湖湘志士救国新路，湖湘文脉为之一振。

正如青年毛泽东所说：“谭浏阳英灵充塞于宇宙之间，不复可以死灭。”

2018 年 8 月 12 日，“纪念谭嗣同殉难 120 周年”论坛暨胡玉明先生《走读谭嗣同》新书发布会在长沙市图书馆成功举行。

曾子曰：“君子以文会友，以友辅仁。”

因为文学，我与湖南省金融作协原常务副主席胡玉明先生相识相知已十余年，见证他创作出版了《沉醉湘水》《沉醉张家界》《沉醉感动》《融悟》《浏阳潭湾梦》《走读浏阳罗汉》等一部又一部佳作。故不揣愚陋，作《玉明如“玉”》一文，以感佩玉明先生“君子比德于玉”的初心。

玉明先生的初心，就是他对湖湘文脉执着的钩沉与激扬。

2019 年 9 月，当玉明先生将新著《血色洞庭忆春江》置于我的案头，我再一次为他的创作才情叫好，向他的文学初心致敬。

《血色洞庭忆春江》三十万余字，原始素材只有华中理工大学出版社 1989 年出版的《华容风雷》中的百余字。玉明先生继续以“走读”的方式，深入洞庭湖区，全景再现抗日战争时期“血色洞庭”的壮烈长卷，特写“抗日英雄”——时任华容县三封乡副乡长蔡春江抗击日寇，血战到底，英勇殉国的大义与崇高。

一寸山河一寸血。

毛泽东同志在《论持久战》中写道：“长期而又广大的抗日战争，是军事、政治、经济、文化各方面犬牙交错的战争，这是战争史上的奇观，中华民族的壮举，惊天动地的伟业。”

习近平总书记指出：“一个有希望的民族不能没有英雄，一个有前途的国家不能没有先锋。包括抗战英雄在内的一切民族英雄，都是中华民族的脊梁，他们的事迹和精神都是激励我们前行的强大力量。”

天地英雄气，千秋尚凛然。

从浏阳河到洞庭湖。

壮哉，英雄不朽！

美哉，初心不忘！

诚如玉明先生所言：“写作，既是体验先烈先贤的伟大人生，又是作家品尝人生苦辣酸甜的过程。”

玉明先生以自己的方式传承文脉，致敬英雄，不忘初心。

我为玉明先生点赞！

2019 年 10 月 15 日于湖南省文联

玉明如“玉”

——胡玉明《走读谭嗣同》序

1897 年 1 月 17 日，刚过而立之年的谭嗣同完成了被誉为维新派第一部哲学著作的《仁学》。身处千年未有之大变局的晚清，谭嗣同会通经学、佛学、理学、诸子学和西学，兼收并蓄，自成一体。

仁，儒学的最高原则，孔子思想体系的理论核心。子曰：“志士仁人，无求生以害仁，有杀身以成仁。”

谭嗣同——近代中国为改革变法而喋血的第一人，杀身成仁，彪炳千秋。

致敬先哲，诗以言志。湖南省金融作协常务副主席胡玉明先生与几位文友（丁纯蓝、谭玉英）带着《谭嗣同全集》从浏阳河畔出发，追随谭嗣同当年的足迹，以诗为鉴，开始了他两年来的“走读谭嗣同”之旅。

“走读”——玉明先生近年来文学创作和文化研究的自我方式的总结！他创作出版的《走读浏阳罗汉》一书“填补了湖南党史研究的一项空白”。

因此，玉明先生的每一次“走读”正是他一次次文学与思想的“壮游”。不过，他这次“壮游”多了一个特色，形成了志愿者团队，而且都是自发行为。可见，这种“走读”需要一定的理念和境界，才能克服困难，坚持不懈。

诗圣杜甫，早年就写有“饮酣视八极，俗物都茫茫。东下姑苏台，已具浮海航”的《壮游》名篇。

谭嗣同的《仁学》也是在他从北京去江苏任职途中“壮游”天津、湖南、湖北等地后写就。

2017年10月9日，《中国诗歌网》刊发了玉明先生的《有感谭嗣同〈仁学·自叙〉》：少年孤苦五味知，人生虐爱启遐思。胸中激浪藏浩气，笔底波澜赋自叙。扬帆仁学心神醉，驰骋北上奋吐丝。冲决网罗何怯惧，裕后光前堪大师。

裕后光前，文脉不息。

我这两年主编《千年湖湘“四水一湖”文脉图记》而读到谭嗣同的《上江标学院》《南学会讲义·论今日西学与中国古学》《浏阳麻利述》等篇章，对其思想与人格更为景仰。当玉明先生嘱我为《走读谭嗣同》一书作序时，我便不揣愚陋而允诺，以志对先哲的敬意和怀想。

而且，玉明如“玉”。

夫昔者，君子比德于玉焉。孔子用“玉”来赞许君子之仁、智、义、礼、乐、忠、信、天、地、德、道。

玉明先生人如其名，文如其人。品读玉明先生《走读谭嗣同》中的诗赋文章，君子气度，拂面而至！

2018年5月25日于湖南省文联

不仅仅是畅想

——读李盛的诗

对诗，李盛无疑是执着的。

这种执着的确让我感动。他这样叙说自己，在写诗比读诗还多的这块狭长地带，我磨砺了十年余不肯离去，像一滴临高站立的水，一次一次地走失自己，又一次一次地唱响自己，不知不觉人到中年。在他的诗歌世界里，“我是一滴/小小的易干易枯的/临高站立的水”。李盛以道家的智慧谋求自我的解脱和超越！

李盛对诗歌艺术的诠释是专注的。这种专注既表现在他对诗歌十余年的追求上，也表现在他对诗歌题材的选择和挖掘上。从《一滴水的畅想》到《供词》，从《新挂历》到《笋》，他捕捉灵感的方式是多样的。

“如果把这方散发清香的泥土/权当了砥石/今世，我还未砥砺成/一段未了的风霜。”在李盛的诗中，我们总能感受到一种向上的激情。这种激情虽然因为意象的熟悉而未能给读者带来想象的愉悦，但我们还是真切地感受到了诗人突围的努力和冲动。因此，平淡朴实有时也让我感动。当他的《新挂历》“越过冬天的门槛/而进入每个春和的家庭”

时，这种温馨的述说会深深地打动我们。

“在爱的供词里 / 我是一位坦率的被告”，李盛像所有的人一样，以诗人的灵气来表达这种永恒存在的情感，这种存在对所有后来者来说都是一个绝对的高度。一位老诗人说：“不要再写爱情，因为我们无法超越过去。”但李盛以“充满激情的幻想 / 和一个少年郎——/ 拥有的勇敢”，使他的《供词》便有了真诚。

作为一个业余诗人，李盛不仅仅需要畅想，还需要跋涉。我们再一次期待他“在阳光下 / 我定然会定然会 / 嫣然脱簅”。

——此文原载 2002 年《作家与社会报》

【叁】

心储万壑存大略
笔落千家自空灵
——访鄢福初

“心储万壑存大略，笔落千家自空灵。”鄢福初如是说。

正因为如此，鄢福初书法中所显现出来的清新灵动、飘逸俊秀，谓“尽妙穷神”，似不为过。

暮春。

记者与鄢福初促膝而谈，其儒雅平和如山风涧泉，尽得天地人生之真趣。

赵　涛：您如何看待为政与学书两者之间的关系？

鄢福初：近十年来，繁多的工作任务和社会活动的确分散了自己许多时间和精力，但并不是说没有一点空余时间，我很欣赏欧阳永叔读书利用“枕上、厕上、马上”的功夫。我尽量将那些别人以为无所谓的片刻充分利用好，睡觉前看看书，早餐前练练书法。虽然外出公差的日子多，但也因此多了不少学习别人和增加游历的机会。如此一来，字外的功夫就深厚了些，生活的养分也更丰富些。为政与学书之间反倒多了一种映衬。

2024年6月29日，在陈松长“金石相磨——斯是斋题跋展”开幕式合影（自右至左：魏怀亮、陈松长、鄢福初、赵涛）

赵　涛：您在《临池心得》中写道：“弄懂了黄山云海苍松，天山雪莲冰川，三峡激浪飞舟，南海惊涛骇浪，才能真正领悟书法之玄机。”这些自然造化真的能让您参悟“书法之玄机”吗？

鄢福初：书之称“法”，在于山丘川流、人间百态皆可助其运笔，这是大自然赋予人类的财富。一个杰出的书法家，他在整个生活经历之中，必须首先坚贞其心志，旷达其胸襟，而要达到这种目的，首选方法则为游历，或为沉静内省，或为夜静苦读，历史上的大书家大都走过这样的路子。明董其昌说：“读万卷书，行万里路，胸中脱去尘浊，自然丘壑内营。

成立郛郭，随手写去，皆出山水传神。”书画同源，书亦如是。

我认为中国人的基本艺术轮廓和抽象的气韵都来自书法。古建筑的线条美与轮廓美，就是直接得之于书法。上次我去苏杭，看到苏州的古建筑，无论庙宇寺院，或庭园台榭，或牌楼牌坊，都直接与书法的某种形式有关。当然，这需要我们有“发现美的眼睛”，也就是所谓的悟性吧。

赵　涛：您在书法上的成就，更多得益于您的悟性，还是功力呢？

鄢福初：这很难说清楚。书法是一门古老而神奇的艺术。书法家的成就和品位取决于书家的天资和功力。功力为后天长期修炼所成，而天资乃先天秉性，两者的交汇与融合，共同构成书家的面貌。古往今来，不少书家临池皓首，终其一生，也未能有所成就。

我出生在一个偏僻的山村，大概是家乡清灵空旷的山水给了我一些灵气，从小受父亲用蝇头小楷为病人开具中药处方的熏陶，便与书法结下了不解之缘。我 10 岁时便开始为乡邻写对联。在师范读书时，获全校书法比赛第一名，可能从那时起，我才第一次知道自己对书法的感悟。18 岁那年我去了西安碑林，书法的魅力深深地吸引了我，也坚定了我走上书法之路的决心，不知不觉间已跋涉了二十余年。

文章本天成，妙手偶得之。

艺术的确是需要天赋的，但仅有天赋显然不够。我十分注重对书法理论的学习，脑海中有了清晰的书法历史脉络，就可以从历史的宏观框架来进行思考和研究。对于书写技巧的把握，也不是简单的千万次的重复临摹，而是在千变万化的笔画中寻找符合自身审美情趣的点线符号，以形成自己的风格。当然，还需要提高自己对艺术的感知力。张大千说“七分人事三分天”，可谓一语中的。

赵　涛：新近湖南美术出版社出版了《鄢福初的书法艺术》之书，这本书应该说是您二十年来临池不辍的结晶。弘征先生评其为“于平淡中见大气淋漓”。请谈谈您的学书经历。

鄢福初：谢谢弘征老师对我的鼓励。这本书收录的作品主要是草书。我自少学书，是从《九成宫醴泉铭》入手，再临《东方朔画赞》《颜氏家庙碑》《麻姑仙坛记》等碑帖，用了近十年的时间。颜字的雄健豪放之气让我受益匪浅，也为结体、运笔打下了坚实的基础。接着，又广泛临习北碑，尤勤于被康有为称为“为正体变态之宗，结构精绝，变化无端”的《张猛龙碑》。《龙门十二品》的沉着、险峻磔卓之概；《石门颂》《泰山金石峪金刚经》的体势雄张，用笔圆劲之妙；《石门铭》《瘗鹤铭》行笔如野鹤闲鸥，萧疏淡远之致。这样又磨砺了十五六年，才开始习草书。习草则是从怀素的《千字文》开始，于右任赞其为“松风流水天然调，抱得琴来不用弹”。从《千字文》而上溯“二王”，参以《平复》诸帖，再学明清书家与近人于右任、林散之等人的作品。因为我在书艺上涉猎较广，加之曾在山区任教，现在仍留在家乡新化。偏于一隅，虽不易于贪图新潮，但不受时风所袭，

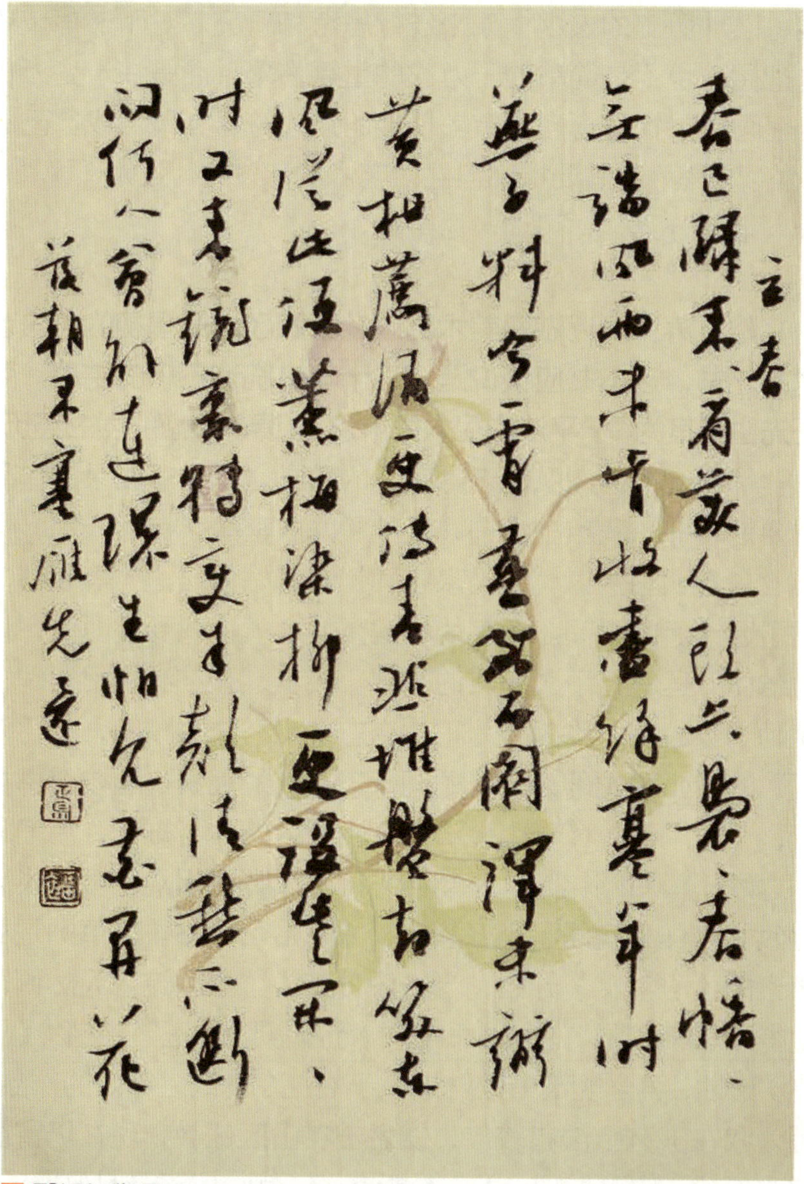
立春
春已归来看美人头上袅袅春幡
无端风雨未肯收尽余寒年时
燕子料今宵梦到西园浑未辨
黄柑荐酒更传青韭堆盘却笑东
风从此便薰梅染柳更没些闲
闲时又来镜里转变朱颜清愁不断
问何人会解连环生怕见花开花
落朝来塞雁先还

倒得以潜心师法前人与自然造化。或许这是我在研习过程中之大幸吧。

赵　涛：从您的学书经历，不难看出您能取得今天的成就绝非偶然，从中也窥见您融汇百家以开自我面目的渊源。以您这样的年纪，跻身高手如林的书坛，盛名之下，您如何保持一份平常心？

鄢福初：平常心是一种至高的境界。时下“著名书法家”很多，但真正能静下心来，在故纸堆中、笔墨池里面壁十年，刻苦精进的书法家却不多。

作书者，首先应该以一颗平常心去善待他人。历史上德艺双馨的人，不但青史留名，亦流传于口碑。古人说，字如其人。什么样的学养、什么样的德行可以决定他达到什么样的艺术高度。1998 年 7 月，我独自一人到长沙举办个人书法展览。一个 25 岁的农家子弟从新化山区来省城搞书展，在书法界产生了一些影响。以后采访、约稿、求教、求书者不少，我均力所能及而为之。于右任老先生为一个团的退役士兵人手一书的佳话让我深受感动。这样想来，心中便多了一份坦荡悠然，便可以静下心来专注于为人治学了。

采访结束后，鄢福初先生即兴挥毫赠书。只见他运笔如飞，墨走长卷，如行云流水，天马行空。暗想：马蹄踏花，妙笔留香的得意人生也就是这样吧！

——此文原载 2002 年《作家与社会报》

临池载道

——黎池书法随想

黎池，祖籍湖南临湘，哲学博士，他以“独立根性”精神，潜心研究“中国睁眼看世界第一人”——魏源，并撰写出版《魏源人才伦理思想研究》专著，提出“人才伦理”概念，开创了以人物思想为对象，研究人才伦理思想的先河。

自古选贤任能，为治之大道。黎池的研究具有极强的现实意义，为世人提供了更深远的文化参照。因此，黎池给人的印象更像是一位务实践履、沉静内敛、经世担当的学者。

文以载道。书亦载道。清康熙年间书坛四大家之一的陈奕禧认为，书虽一技，然通于大道。故其慨言：“书学大矣哉！通乎天人，乃成其事。自一画造端，极于蕃变，何所不有，何所不收，浅尝之未至也。”

黎池幼承庭训，5 岁即临池学书，专攻《九成宫》，接受严格的书法训练。

有论者谓：“黎池少小从师学书，及今遍涉篆隶楷行诸体，近更沉浸西周金文，兀兀穷年，其志不磨。……师古师今，渐造乎自家面目。黎池以多年沉潜工夫，取法乎上，出入诸体，心追手摹，又泛观博览，借镜今人，参以心悟，应该说

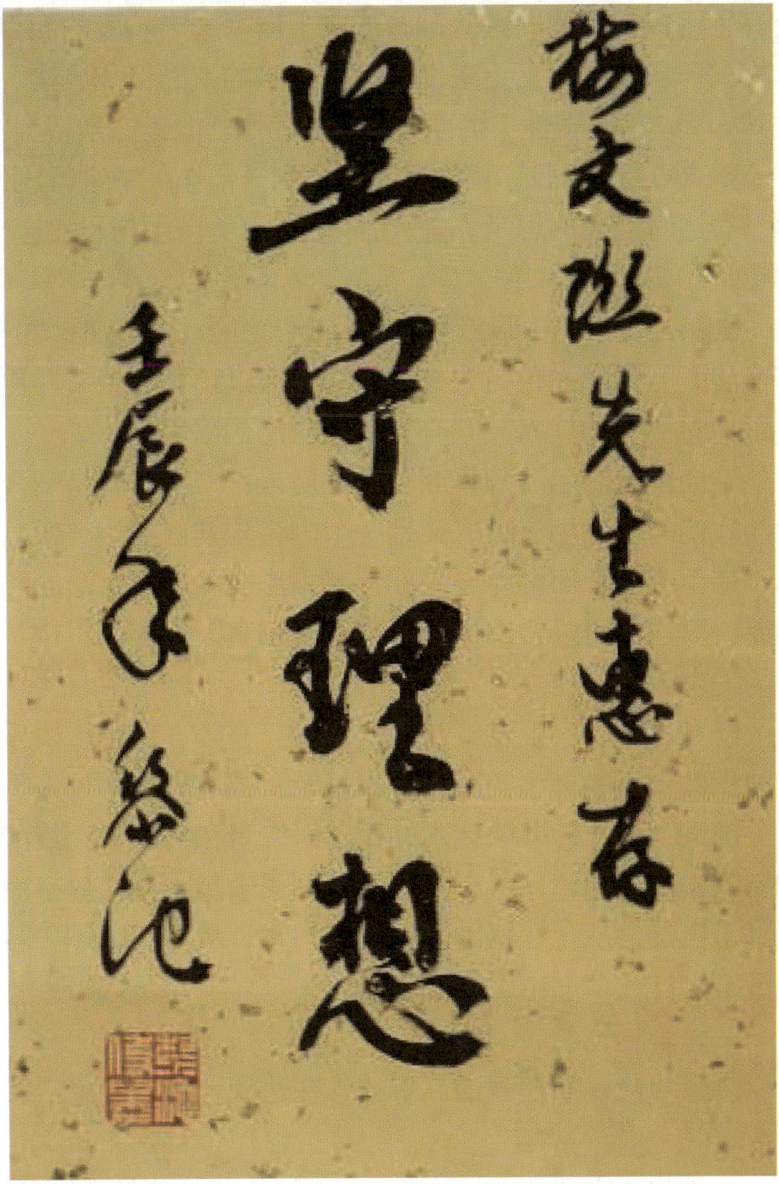

黎池作品

已有了比较坚实的书法基础，形成了自家一定阶段的面目和风格。”从这个意义上来说，黎池书法的“面目和风格”正是其心底“独立根性”精神的源起与写照。他还探索将金文、篆、隶、楷、行、草书等几种字体融会到一幅作品中进行创作，用以表达对社会的思考，确乎是一种“审美自由与心物合一”的超越。

观黎池之书“一眼万念”，不觉心为所动。复细看款书：“书法既要重形式，更要有内涵，给人以精神力量。”更看到了他对“书如其人”“心手双畅”的顿悟。

黎池自署斋名“归真阁”，并自言：“真，既是一个对象与我们的表象相一致，又是一个内容与其自身相一致。归真，在于改造外部世界与内部世界，形成主客体融洽的和谐世界。”这更可以看出他对于“返璞归真”境界的思辨、期待与追求。

修身、悦己、交友、传道，健康、充实、自由、快乐。黎池积数十年的书法实践与书学思考，提炼出书法与人生的“关键词”。作为书法艺术的执着研究者和实践者，黎池以独特的文化视角，从《大盂鼎》看到了宁静，从《兰亭序》看到了自然，从《礼器碑》看到了秀雅，从《石门颂》看到了沉雄，从《草书论》看到了法象……

书，心画也。

以墨为镜，临池载道。黎池志在达观万物，照见自我。

——此文原载 2014 年 12 月 19 日《人民日报·海外版》

书以化人

——访何满宗

六月。夏花灿烂。

在高高的书架和王羲之的《圣教序》之间，书法的灵光传承着一种无法阻挡的力量。何满宗端坐其中，平和内敛又激情洋溢。

9 月 16 日晚，我与师弟张智一起去拜访清华思想文化研究所的何兆武教授。何教授对我说："要研究思想，研究哲学，要多读文学作品。因为文学把抽象的时代精神具体化了。"为此，我在思考。今晚上我又把巴尔扎克的书拿来读，才感到文学作品的意义所在。1999 年 9 月 21 日凌晨 1 时。

翻开何满宗书架上的巴尔扎克《风俗研究·私人生活场景》第 12 页。他用工整的毛笔行楷写下了上面这些文字。何满宗的思考也许是来自《人间喜剧》出版前言中的一段话："他在想要当小说家之前，曾经想成为一名哲学家；他在决定以小说来反映当代历史的时候，首先想到当像布丰研究动物世界那样，把整个人类社会作为自己的研究对象。

对巴尔扎克来说，写作是研究和说明世界的一种手段。”在这些句子下，何满宗画上了粗粗的线条。对哲学的沉醉赋予了何满宗更为深广的视野，哲学的魅力触手可及。他对记者说：“阅读是孤独的愉悦！”

的确，何满宗用哲学的砥石磨砺出思想的锋芒。在他的追求中，书法才是“研究和说明世界的一种手段”。

用书法艺术弘扬中华美德，我一辈子就做这一件事！何满宗如是说。

书以传道，弘扬美德。书以载道，德可润心。这是何满宗最喜欢的两枚印章。何满宗侃侃而谈。他说，书以载道，书能传道，书敢创道，书尚识道，书就是道。“道”是什么？道属于中国哲学和中国美学的范畴。我所讲的道，是书法之道，是一种艺术精神、一种艺术思想，是书法艺术的一种最高境界。因此，我十分主张“借

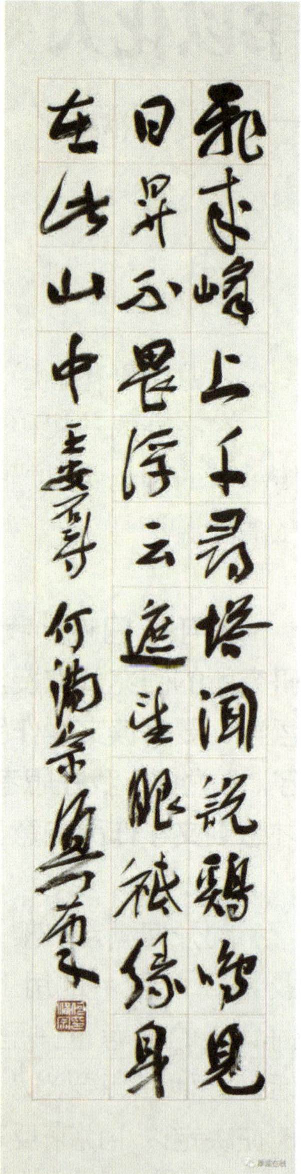

何满宗作品

哲理扬道义，凭法书倡文明”。也就是说，以书法这种艺术形式作载体，来宣扬道义，来弘扬中华民族的传统文化，来展现现代精神文明，让人们在欣赏书法时，感悟其书写内容；在阅读书写内容时，受到书法艺术的熏陶，使之达到内容与形式的有机结合，内容与形式的高度统一，从而丰富人们的精神生活。

何满宗的哲学观念正深入书法的内核。在我们这个激烈变化的时代，无论是在世俗层面，还是在精神领域，无论是一个小小的社区，还是整个世界范围内，诸多的事物只有进入“形而上”的境界，运用哲学思辨，才能透析现象，把握本质。何满宗为“尚趣论”找到了支点。他说，书法是中国最古老的传统艺术，可以追溯到遥远的新石器时代，那些刻画符号，便是文字和书法的起源。书法和其他姊妹艺术一样，都是随着时代的进步在不断地变化创新。我们将书法的历史风尚稍作回顾就不难看出，其书风也是时代之风，也是时代之艺术产物。晋人尚韵，唐人尚法，宋人尚意，清人尚朴，这些都具有深厚的时代背景。当今之世，科技发达，物质丰富，人们的生活水平在日益提高，人们的文化品位也在逐步提高。这样，人们的审美情趣、审美意识都在发生革命性的变化。所以追求新、追求奇、追求趣，这是必然之趋势。

何满宗以先行者的勇气，成为“尚趣”论点的首倡者和尚趣书风的实践者。

1997 年，何满宗完成了竹简《楚辞》的创作。

1999 年，何满宗完成了 100 件书法陶艺的创作。

同时，湖南美术出版社推出了何满宗个人书法作品集《当代书风》中的《斗方创意》《对联尝试》，并将陆续推出《中堂革新》《横披纵论》《扇面探奇》，以及《文学思潮》《史学思考》《哲学思辨》《艺术思维》《生活思考》等作品。“生机勃发创作艺术，弘扬传统面向世界。”——时年九十岁高龄的张岱年在北大的书房里为何满宗的《当代书风》写下意味深长的寄语。在《斗方创意》卷中，何满宗以文论《尚趣论》作为开篇，奠定了“尚趣论”的理论基石。

2001 年，清华大学成立 90 周年之际，特别邀请何满宗创作了《荷塘月色》书法作品。《荷塘月色》是朱自清在清华园执教时，以清华园内的荷塘风景为背景所写的名篇。校方将何满宗创作的《荷塘月色》出版成手卷，制成竹简，分赠给出席校庆的全世界著名大学校长和有关领导、学者等。何满宗那充满书卷气的作品将朱自清的散文表现得优雅高贵，受到清华大学的好评。

何满宗是“尚趣论”的首倡者，也是“趣味主义”的力行者。因为趣味主义之根深深地扎在传统的土壤之中，趣味主义之花开在当代书风的百花园之中。但他毫不反对多种书法风格的存在，而且十分渴望多种书法流派的产生，这样才能使书法园地出现百花齐放、百家争鸣的局面。他之所以主张书写的表现形式讲究趣味，就是基于书法创作的发展观念。书法不能停留在一成不变的表现模式上，那样会窒息艺术的生命。再者，书法以一种具有强烈的现代意趣的姿态献给当代人，也是给生活节奏太快、工作压力太大的人们带来一丝快意，给欣赏者的生活增添乐趣，在感受作品的趣味意象中陶冶性情。

影者，暗寓“隐”也。隐士、含蓄、中庸、优雅、韵味……竹者，君子也。影竹斋是何满宗原来为自己书屋所取的雅号。现在书屋叫荷风堂。荷，暗寓“和”。一种宁静、空灵、和谐……何满宗对传统的沉醉并没有妨碍他的创新精神。因此，首创精神即他的创作理念，可谓一语中的。

何满宗特别强调，古往今来，真正敢于大破大立，敢于革故鼎新者，都是具有深厚传统功力的。没有扎实的传统基础来谈创新，那是浅薄的，是无源之水、无本之木。所以，在创新求趣时必须弘扬传统文化精神，必须借鉴姊妹艺术经典，必须汲取外国艺术精华。尚趣的真正意义，是对尚韵、尚法、尚意、尚朴的一种继承，一种弘扬，一种创新，一种发展；是融韵、法、意、朴为一炉，推进浪漫主义和理性主义的结合与发展，从而创造出中国书法史上里程碑式的作品，产生书法的时代高峰。

协作可以发挥集体优势，工业、农业如此，文学艺术也是如此，文艺创作也是发挥协作优势的好场所。如策划、表演、讨论等。协作精神发挥好了，可以事半功倍。读《资本论》第十一章《协作》随笔记于甘溪。1999 年 2 月 18 日中午读完。

甘溪是湖南省衡东县的一个小镇。当 1999 年春节的鞭炮声响起的时候，何满宗在这个小镇翻阅着《资本论》，这是他又一次通读这部“巨著”。此刻，何满宗对“协作”的理解更加深入。

协作就是力量。任何一个单位，都要有人做事。任何一个人，要做事必须与人协作。何满宗语气凝重。

2004年2月9日，湖南省书法家协会三届五次理事会召开，何满宗当选为湖南省书法家协会主席，成为当今湖南书法界的领军人物。

何满宗站到了湖南书坛的前沿。“打造书法湘军、弘扬湖湘文化”，他迅速擎起了湖南书法的旗帜！

何满宗对湖湘文化充满骄傲与自信。他在一篇文章中写道：岳麓书院我是常来的。每来一次都有新的感受，特别是一个人静静地蹲在石头砌的台阶上，仿佛看见那些石头上仍然坐着昔日捧卷苦读的学子，他们的灵魂还萦绕着这千年庭院。的的确确，岳麓书院每块石头都有其深刻的文化含义。我倚靠着大门前的石柱，背后是一副家喻户晓的对联：惟楚有材；于斯为盛。

岳麓书院作为湖湘文化的精神图腾，何满宗以朝圣者的虔诚亲近那些伟大的灵魂——王夫之、魏源、陶澍、左宗棠、曾国藩、郭嵩焘、唐才常、杨昌济、杨树达、黎锦熙、蔡锷、熊希龄、蔡和森、邓中夏……他从书法中得到了灵感，将目光投注到湖湘书风的研究上，在笔走龙蛇的点画之间，何满宗看到了湖湘精神内在的张力。

何满宗说，湖湘书风，综括历史和地域特色，形成了独特的格调和风范，这就是豪放浪漫。

为此，他发表了《湖湘书风分析》论文。三湘大地奇丽的地理环境，是孕育湖湘书风的沃土。深厚悠远的人文环境，为造就湖湘书风起到了积极的推动作用。研究中国书法史，我们可以看出，凡是在历史上的重大变革之中，都有湖湘书风的代表人物出现：欧阳询、怀素、何绍基、毛泽东、齐白石都是湖湘书风的天才人物。当代又一批书家将湖湘书风薪尽火传、发扬光大。

《毛泽东书法宏观思考》一文凝聚了何满宗对毛泽东书法艺术的理解。他认为，首先，毛泽东一生对书法艺术情有独钟，这是他对中国传统文化透彻了解的结果。因此，民族性是毛泽东的书法文化观。其次，毛泽东书法不仅师法传统，取法乎上，而又敢于创新，自成体系。毛泽东书法艺术观体现了强烈的独创性。第三，毛泽东书法在人格力量中带有鲜明的时代精神。他的书法艺术具有广泛的群众基础，用书法弘扬民族精神，用书法传播精神文明，用书法弘扬民族艺术，从而使其书法价值观具有人民性。

对湖湘书风的理解让何满宗获得的不仅仅是创作的激情。为纪念湖南省书法家协会成立 20 周年，湖南书协将在今年 10 月举办湖湘书法艺术月。湖湘书法艺术月是去年湖南省书法家协会举办“衡阳书法艺术周”活动的延续，是湖南书协新班子的重大决策和重要活动。何满宗以湖南省书协主席团的集体智慧成竹在胸。湖湘书法艺术月初步设想如下：一、展览。湖南有 14 个市（州）书协和省直、青年书协、铁路书协等 20 个团体会员单位，以及省书协的几个专门委员会。每个团体会员单位和专门委员会在这一个月内搞一个书法展览，就有 20 多个展览。在此期间，我们还将举办全国名家作品邀请展，以及省会一些中青年书家的个展。二、书法理论研讨会。我们将对湖湘书法的书风、现状、发展，都做一些理论探讨。三、庆典。省书协成立 20 周年，我们将举办一系列庆典活动，这样算来，每天都有一个活动。通过这个活动，让更多人参与书法，使湖湘书法艺术月在全省范围内形成弘扬湖湘书艺、传播先进文化的大趋势。同时，能尽力地给全国书法界提供艺术与学术启示。

上善若水，仁者无敌。居高声自远，非是藉秋风。勿以恶小而为之，勿以善小而不为。大隐隐于朝，中隐隐于市，小隐隐于野。一滴水只有融入大海才不会干枯……何满宗旁征博引。他说，一个人对社会的贡献越大，社会对个人的认可越多。一个人职位越高，他为社会服务的机会越多。人生的真谛就是奉献。大人物造势，中人物做市，小人物做事。鸟的翅膀系上黄金，它就不能飞得更高。何满宗因此有了更为优雅的书法梦想。何满宗为湖湘书法事业的繁荣所鼓舞。他如数家珍：一是书法组织健全。二十年来，我们做了很多书法的组织建设，书法教育、普及与提高等基础工作，各市、州都成立了书法协会，县级基本上成立了书法组织，还涌现了许多团体，如省青年书协、省硬笔书协、墨第一组、永和七子、雁阵书法部落、中国尚锋书艺、水墨一方、南楚印社、天心印社、洞庭印社等；二是各地设有书法阵地。省书协有《书画家报》，省青年书协有《青年书法报》，省硬笔书协有《中国硬笔书坛报》，省直和常德、岳阳、衡阳、邵阳、娄底等书协也有书法报刊。三是书法学子求学热情高。湖南省有一大批书法家到中央美院、中国美院、首都师范大学、北京师范大学攻读书法研究生课程班，中央美院书法研究生课程班有三分之二的学生是湖南学子。这些书法学子学有所成，毕业后活跃在中国书坛。四是中南大学、娄底师专都设有书法专业，为培养书法人才提供了良好的条件。五是湖南的书法创作形势喜人，去年全国行草书展我省进入第七位，今年八届全国书展五十名获奖者中我省就有两名，全国第二届流行书风展我省有五位获奖者，引起了书坛关注。六是处处建造书法碑林。如历史上的祁阳浯溪碑林和当代建设的韶山毛泽东诗词书法碑林、常德的常德诗墙、涟源的爱心碑廊以及正在建设中的常宁中国书法城。

中国应当对全人类有较大的贡献——何满宗引用了毛泽东同志的名言。我想，湖南书法也应当对中国书法作出较大的贡献，这是湖南书法工作者的共同心声。何满宗的胸怀不言而喻。

书法离不开人，我们要研究书法家的人格、经历，不能仅仅局限于作品。因此，研究王铎，必须以其身世作为背景材料。王铎能在中国书法史上占有一席之地，我以为重要的是他对文学、对书法的追求。他是个有自己思想的人，像巴尔扎克一样，对自己的创作有一套方法。王写诗，仿杜甫，出版自己的作品集，还请当时有名望的人作序，这都可以看

出王铎思想的发展轨迹。1998 年 12 月 4 日上午有感而挥笔。

何满宗喜欢关注“矛盾”。

在《王铎论——王铎美学之矛盾》一文中何满宗有感而发。

书，如也，如其学，如其才，如其志，总之曰如其人而已。何满宗深入中国文人的艺术灵魂。

何满宗认为，中国的文人具体地说有多重性格：儒家的“入世”之心，道家的“出世”之意，释家的“济世”之念，可见中国的传统文化对文人精神意识浸润之深彻。其中，中国传统文化强调个人的修养。然而，个人的道德修养并不能与人的学历、官职、能力高低对等，必须看其人品和精神。心正则笔正。这不仅包括人格的正直，也包含书道的“正”。书法作为文人思想情感的一种载体，如同作家选择了文学、作曲家选择了音乐、画家选择了绘画一样。真正的艺术家，善于用不同载体来表达自己的创作思想。凡是能打动人的艺术作品，都是表现人性和揭示人内心思想与灵魂世界的。何满宗说，谭盾还在书法的灵感中获得了美的元素——简朴！

我们提倡简朴，并不是否认唯美，反倒因剔除了那些累赘之物，使唯美大放异彩。何满宗举例说：其一，书法作为书法家思想载体，最为显著的一点就是人格的力量。颜真卿的《祭侄文稿》《争座位稿》都有深刻的时代背景，凸显着颜真卿思想感情的洪流，其艺术魅力永不磨灭；其二，由书斋文化走向实践文化。艺术要为人民大众服务，因为只有被群众所接受的作品才能起到团结人民、教育人民、鼓舞人民的作用。“应使文艺以人传，不可人以文艺传。”书法家李叔同出家之后，将自己的书法作品分赠民间善男信女，用书法内在的力量教化人。优秀的作品是被人们广泛传播的，如郑板桥的“吃亏是福”“难得糊涂”，孙中山的“天下为公”，鲁迅的“横眉冷对千夫指，俯首甘为孺子牛”；其三，古代文人在书法艺术中寻找“自我”，表现“自我”，从而达到精神上的满足。

2003 年 10 月，首届中国收藏界年度排行榜（2002—2003）正式拉开帷幕。何满宗跻身中国当代书法家排行榜之新锐榜，并以其“创新性”“关注度”“发展力”引人注目。正如何满宗自己所言，人的素质在不断提高。我们不仅要做传统文化的继承者，更重要的是要做当今文化的创造者。当代人多具首创精神，特别是当今的年轻人。自己创作的书写内容，自己进行艺术创作，赋予作品以新的内涵，这就是“创新性”的深刻革命。其次，书法家必须不断提升自己的“关注度”。我自己的理解是，书法不单是个人的追求，更是一项社会事业、文化产业。书法与人民的生活越来越息息相关，经济的发展带来了书法的繁荣，人们对书法的关注度越来越高。作为书法组织者，更应该做好书法的普及工作，在普及的基础上提高，在提高的基础上创作精品。书法家也要有代表作，要有主题书法，这是一个值得书法界思考的问题。大浪淘沙，没有代表作的书法家不可能留传后世。书法爱好者除了技巧和基本功之外，也要不断提升书法的欣赏水准，只有在全社会形成学书法、爱书法的风尚，书法家才能实现自己的真正价值，赢得“关注度”。任何艺术都要与时俱进，书法不例外，书法家也不例外。“发展力”就来自对传统的继承和弘扬，但必须要走“正道”，千万不能走“野道”，甚至是“邪道”。特别是书法组织者，要有实事求是的作风，树立科学的审美标准和严谨的创作态度，只有这样，才真正具有“发展力”。

做思考思想的思想者，当研究学问的学问家。这是何满宗对人生经验的自我总结。他对记者说，大凡有作为的人，都善于将书本知识与实践经验相结合，成功是这两种知识融合的结晶。何满宗奉行“读万卷书，行万里路”的信条。在中南海菊香书屋感受伟人毛泽东“简朴的豪华”。在北京跨车胡同齐白石早年居处谛听“艺术的力量”，在孙中山、鲁迅、郭沫若、弘一法师、贝多芬、凡·高……的故居前与先哲进行“灵魂的对话”。何满宗从中见证了真实的人生——人的道德修养水准越高，其对生活的要求越是简朴。而启发一个人的思维，并非好的外部条件。大凡敢于面对清贫而安贫乐道的人，骨子里都蕴藏着一股不可战胜的精神力量，他们追求简朴的生活却有着更加高贵的价值。

何满宗将自己的“思想”融入书法的“研究”之中，对王羲之、颜鲁公研习最深，之后又对“龙门二十品”浸淫日久，汲取帖、碑之精髓，广征博采，自成风格。他说，我要用最有力的笔法来写最漂亮的字体。帖派灵活不拙，碑派拙而不活，何满宗善于从中整合两者的优势，用笔沉凝奔放，用墨酣畅遒劲，意态洒脱，气韵高远。

“永和九年，岁在癸丑，暮春之初，会于会稽山阴之兰亭……”何满宗对《兰亭集序》烂熟于心。从他的咏诵中，公元353年的春天仿佛就在眼前。“固知一死生为虚诞，齐彭殇为妄作。后之视今，亦犹今之视昔，悲夫！”借助书法的翅膀，何满宗的思想划向更加深沉的历史深处。从颜真卿的《祭侄文稿》到欧阳询的《九成宫》，从苏轼的“诵明月之诗，歌窈窕之章”到郑板桥的“一枝一叶总关情”……何满宗一次又一次地实现了自我的超越。

年轻人不要说人家老，过若干年后自己也会老；年纪大的人不要羡慕别人年轻，自己也曾年轻过。社会就是如此。岁月匆匆地走过，我将步入“天命”之年，但总觉得自己还年轻，总是觉得自己有一股年轻人的朝气和锐气，有一颗火热的心。

为给《衡阳市共青团志》提供资料，何满宗写下了《锦涛书记来衡阳采访日记摘录》的回忆文章。二十一年前，时任共青团中央书记处书记的胡锦涛到衡南县农村主持召开共青团全国农村基层组织整顿工作会议。当时，何满宗正在共青团机关刊《年轻人》杂志社工作，并加入了这次会议的新闻报道工作。何满宗在1983年5月23日的日记中写道：“在衡阳我就把这次会议的报道写好了，准备刊发在《年轻人》杂志第六期上。上午，共青团湖南省委召开了全省优秀少先队辅导员座谈会，锦涛书记出席并作重要讲话。他为人谦和，总是保持一副和善可亲的面容。”

何满宗对过去的岁月记忆犹新。他说，我在共青团工作岗位上整整工作了十二个年头，在工作实践中，共青团的领导和同事们那种求真务实的工作作风、团结友善的处事方法、朝气蓬勃的精神风貌，永远是我应该学习的优秀品格。

的确，在何满宗的身上永远洋溢着“年轻人的朝气和锐气”。正是这种朝气和锐气让何满宗的人生多了一份魅力。

何满宗，1956 年出生，男，汉族，湖南常宁市人，中共党员，清华大学历史学硕士，中南大学教授。现任湖南省文学艺术界联合会副主席，湖南省书法家协会主席，《书画家》总编辑，湖南省青年书法家协会名誉主席。历任湖南省第九届人大代表，长沙市第十一届人大代表，湖南省青联第七届常委，共青团湖南省委干部，《年轻人》杂志社副总编辑，湖南省广播电视学校校长等职。作品参加全国第八届中青展、中国书法艺术节名家作品邀请展等。书法专辑及书法理论著作有《当代书风·何满宗书法系列》《竹简·楚辞》《中国书法与传统文化研究》《怀素自叙帖技法》《荷塘月色》等。新闻理论著作、报告文学有《广播电视新闻导论》《中国当代经济强人》《煤海写风流》……从这份简历中，记者触摸到何满宗执着的足迹。

父母是孩子最好的老师。何满宗的父母都是淳朴善良的农民。在何满宗的记忆里，父亲和母亲永远在忙碌。小时候，何满宗常常早起跟父亲去砍柴，中午没饭吃，一直要到晚上才能回家。父亲常常告诫他：做事不怕慢就怕站。母亲天性善良，乐于助人，谁有困难她都尽力帮助。路上有荆棘要拿开，山里草丛中的鸡蛋不是自家鸡生的不能拿……多少年来，父母的言传身教早已深深铭刻在何满宗的心底，成了他一生做人的准则。何满宗将这种准则简称为“善”。

上善若水，何满宗直达人生的本真。

在何满宗的影集里，记者见到了他高中毕业时的合影。在常宁县第四中学的校门前，16 岁的何满宗表情纯朴，像所有的农家孩子一样，读书是当时唯一能够实现梦想的方式。何满宗顺利地从常宁来到衡阳、长沙、北京学习，他拥有了更加广阔的天地。在何满宗的心中，书法的种子早已萌芽。何满宗的外婆家在祁阳。祁阳的浯溪自古“雄冠三湘”。镌刻在江边岩石上的颜真卿《大唐中兴颂》，让所有的人在此发出“百拜不能休”的感叹。何满宗沐浴着这样的文化氛围慢慢长大，一晃四十余年，何满宗还特意将何绍基“归舟十次经浯溪，两番手拓《中兴碑》……”的拓片挂在办公室的墙上。

书法的传奇无处不在。何满宗给自己的儿子取名何笔。为了给远在外面学习的儿子以鼓励，做父亲的每月都要写好几封家书。在信中，何满宗更像一位师长，循循善诱，孜孜不倦，其人格的力量、人性的力量深深打动了记者。2003 年 10 月 8 日，何满宗在给儿子的信中写道：今将胡锦涛同志《在欧美同学会成立 90 周年庆祝大会上的讲话》寄来，希望你读后有所启发，更加认真学习，早日成为建设强大中国的有用之才。何满宗还给儿子寄去了宋健的《百年接力留学潮》，要求儿子好好读一读，读后将文章带回来。前不久，何满宗又给儿子寄去了《3000美元也能环游地球》这本书，希望儿子能在旅行中学到知识，得到快乐。何满宗深情地说，精神的激励比什么都重要，思想的力量比什么都强大。

人只不过是一根苇草，是自然界最脆弱的东西；但他是一根能思想的苇草……纵使宇宙毁灭了他，人却仍然要比致他于死命的东西更高贵得多；因为他知道自己要死亡，以及宇宙对他所具有的优势，而宇宙对此却一无所知。因而，我们全部的尊严就在于思想，我们要努力地思想，这就是道德的原则。何满宗将帕斯卡尔的名言抄录在给儿子何笔的信中，抄录在《哲学大辞典》的扉页上，抄录在三十年来从不间断的日记中……何满宗正在以自己的姿态，坚守在生命的季风中。

2004年6月于湖南省文联

羲明之“明”

三月。春暖三缘堂。

三缘堂位于长沙市太平老街。近枕湘江涛声，远眺岳麓云气，屈贾峥嵘，三千年湖湘文脉导源之地。

三缘堂主陈羲明一挥而就，书“春光养我”，并记曰：“春光养我，止于万物。春风、春雨、春雷，乃春之使者也。余感慨系之，复以好大王碑意书此，以报春光养我之德。”

日月相推，而明生焉。

春光养我，何其明哉。

明德、明道、明心，羲明之“明”当如是。

明其德，则正。

1955 年 6 月，陈羲明生于福建尤溪县，5 岁始学书。

尤溪，千年古县，朱熹故里，文化厚积。朱熹，南宋著名思想家、教育家，其巨作《四书章句集注》集诸儒之大成，授百代之精深，继往圣开来学，影响深巨。

朱熹弘扬儒家“齐家”思想，提出“循理保家之本、和顺齐家之本、读书起家之本、勤俭治家之本”的“居家四本”，建构系统缜密的家文化哲学思想体系。

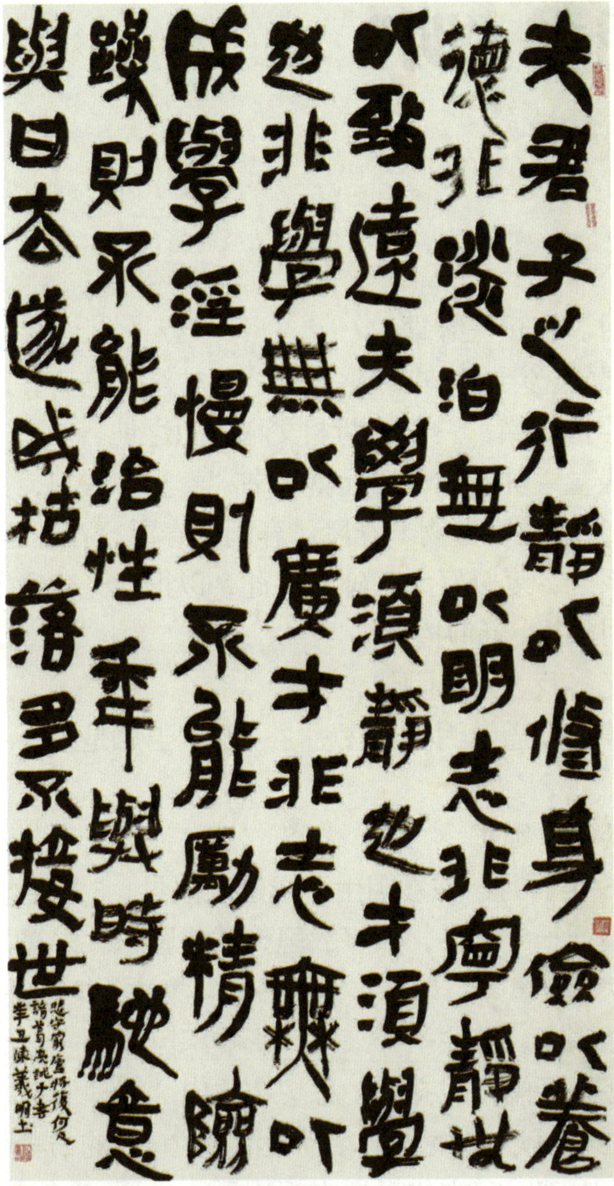

陈羲明作品《诫子书》

朱熹两次入湘。1167年与张栻在岳麓书院开书院会讲制度先河。1194年出任荆湖南路安抚使兼知潭州，重振岳麓书院，颁行《朱子书院教条》，要求生徒“讲明义理”，强调正德克己。岳麓书院讲堂所立“忠、孝、廉、节”四字沉着典雅，正大高迈，即为朱熹手书。

朱张会讲，先贤过化。日新其德，薪尽火传。

1974年，陈羲明自福建参军来湖南，1993年转业至湖南省书法家协会，迄今居湘四十八年。时人赞曰:“彼闽材也，而用于吾湘。吾视其行迹，若踪朱子。”

因此，陈羲明受教于“真儒”王琳先生门下，创立新中国成立以来湖南第一所国学书院——湖南省六合国学书院，延师讲学，提出“国学力”学说。

国学力，就是以用为目的，带着问题去学。强调面对当下的实际，有针对性地学习，并从中找到解决问题的力量——陈羲明的宗旨在于“古为今用”“学以致用”。

“四维国学讲谈”发起人、湖南省六合国学书院讲师尹建华曾以《“文化”比“武化”进步，精神比物质长久》《传统文化的源头在哪里》《传统文化事业应该纳入政府预算》《国学不是人人都要学》《如何让国学产生力量》《“家文化”是锵锵的“国学力”》《中庸之道需要“一分为三”》等系列专访，与陈羲明深度对话，思辨“国学力”。

费孝通先生将中国社会结构比喻为“好像把一块石头丢在水面上所发生的一圈圈推出去的波纹的‘差序格局’”。在“差序格局”中，社会由不同个体按亲疏关系组成网状关系，这是放大了的“家”关系。

研究和建设“家文化”是弘扬中华优秀传统文化的重要课题，无论是对当今的中国社会治理，还是对中华民族的永续发展都意义重大，艺术家理应有所担当，有所作为——这正是陈羲明关于国学传承的出发点和落脚点。

《儒学新编》主编黄守愚应陈羲明之邀开讲新儒学如何解决教养、正确教育子女、财富世代相传、信仰等问题，并撰《三缘堂记》一篇：“子曰：‘德之不修，学之不讲，闻义不能徙，不善不能改，是吾忧也。’书之根底在国学，国学不修，则本不固元不培也。此亦羲明之忧也。”

作为清华美院全国美术理论研究与书画创作高级研修班·陈羲明书法临习与创作专项研修班导师，陈羲明一直致力于彰显“导入古典与现代审美理念，借助国学精粹解读书法艺术内涵”的教学特色。

2013 年 5 月 30 日，陈羲明书法临习与创作专项研修班全体学员咸集长沙三缘堂，举行隆重的古礼拜师仪式。陈羲明坦言，坚持行拜师礼，旨在强调“拜”的内涵，呼吁传承。传承不仅是对弟子的要求，也是对老师的要求。通过拜师礼这样的庄重仪式，既告诫弟子秉持尊师重道、勤勉刻苦的传统，也警醒老师坚守“传道授业解惑”的师德和责任。

陈羲明还兼任中国书协第四、五、六、七届理事，中国书协培训中心导师，中国人民大学徐悲鸿艺术学院书法导师，被中国书协吸纳为第四、五、六、七届国展评委，实现了湖南书法界在国展评委席位上零的突破。多年来，他出任国家级、省部级书法展评审逾百次。国内外书法爱好者不远万里，拜陈羲明门下。一大批省内外书法人才在陈羲明的悉心指导下脱颖而出，加入中国书法家协会的就超过 300 人。

韩愈曰：“古之学者必有师，所以通其业，成就其德也。”成就其德，即为明德，明明德，承继儒家“道统”。

君子比德于玉。

孔子在回答子贡关于“君子贵玉而贱珉”的问题时说，君子所以“贵玉”，是因为玉具有“仁”“知”“义”“礼”“乐”“忠”“信”“天”“地”“德”“道”十一种美德。

玉，成为彰显中华民族美德和精神的文化载体。

陈羲明尤爱古玉，以文化人，以书载道，以玉明德。

2016 年，应联合国中文日活动组委会之邀，陈羲明以北兰亭中国书画名家赴美代表团核心成员的身份，在联合国大厦、加州大学、华盛顿大学及孔子学院传播书法和国学。他还出任“感知中国·湖南文化走进法国”活动唯一的书法特使，现场为两国代表演示书法。近年来，他先后受邀到日本、韩国、新加坡等三十多个国家和地区开展交流讲学、展览创作。

德高为师，文以化人。

书贵立品，书如其人。

做人若斗方，当堂堂正正。陈羲明如是说，如是行。

明其道，则变。

陈羲明自述：予读《易》，以为道之理也，巍然不易；

道之行也，周流不滞。故钤盖小印“逢二则变”，以为箴铭，以之治书，以之治学，以之治世，无有罔惑。

陈羲明以“逢二则变”为道，提出了“书法风格非模式化”理论。他说，我为什么总在变，我不想模式化。艺术风格的模式化不仅是千人一面，更应该警惕的是模式化具有排他性。但排他性不能太早，太早则会因为“偏食”而“营养不良”，最终难成大器。艺术家，有天赋的艺术家能在探寻中形成自己的艺术风格，艺术应该有风格，而不是模式。有天赋的艺术家不会刻意追求风格，而是高度注重对传统的研习。无古不言新，创新才有了坚实的文化根基。

章法、墨法，作品尺幅的大小，整体与局部的细节，全方位视觉形象的处理，相同的字、偏旁、部首，都要变。时间和空间的叠加，产生千变万化，生发出无限的生机，展示出千姿百态的物象，关键是让我认知到变化的自然常道——以书为道，以书悟道，洞见世界万象的变化规律，在很长一段时间里成为陈羲明思索的主题。

宋人朱长文《续书断》言：“盖积虑于中，触物以感之，则通达无方矣。”正如张旭见公主担夫争路，而得笔法之意；后见公孙氏舞《剑器》，得其神。怀素观夏云多奇峰，辄常效之，其痛快处，如飞鸟出林，惊蛇入草，又如壁坼之路，一一自然。黄庭坚看到“长年荡桨，群丁拔棹”，悟到了大字行草书法的用笔之妙……陈羲明异曲同工，因梦中与一须眉皆白的老者席地论道而醍醐灌顶，得“逢二则变”之法。

“逢二则变”正是陈羲明书法思想的经纬。他在接受《创作与评论》杂志“艺术名家”栏目专访时娓娓道来：这些年来，我反复琢磨“逢二则变”四个字的意思，我理解了这是“一阴一阳谓之道”同理的认识，一阴一阳组成了二，方以生三生万物，从时空角度来看，变化才是世界的永恒。作为时空中的人，顺应变化，顺应客观现实，把握事物规律来破译生活的密码。书法中一笔生发至连贯而成的整体关系，一如树叶的开落是表现，事物发展并不会以此为结束，而是以此滋养新的生命，生命在阴阳循环中生生不息，阴阳相生转化的整体气韵能营造书法作品中具有生命观照态度的哲理品位。

此外，陈羲明创造性地提出书法创作“六顾”观。顾前、顾后、顾左、顾右、顾内、顾外，从笔法、点画、结字、章法、形势、气韵，一一道明，圆融自在，如庄子之言“六合”。

晋韵唐法，宋意明态。每一个时代有每一个时代的书风。

“书如其时”是用“时间”来界定、计量书写者的状态和水平，依据书写者在专业上付出的程度、即时的年龄、所处的专业发展的时间段和时间点。时间变化，所有书写者时空积累的相关要素也在变化，评价也随之而变。书法需要书写之内的技术功夫，也需要书写之外的修养功夫同步成长，否则时间变化，专业水平不会精进——从“逢二则变”到“书如其时”，陈羲明提出了鉴定书法作品的又一把审美标尺。

2007 年，陈羲明进入中国国家画院首届沈鹏书法精英班，师从沈鹏先生。

2008 年 6 月 12 日，《中国书画》杂志“书学麈谈”栏目与中国国家画院沈鹏书法精英班合作，就“书法的当代性”深度研讨。陈羲明在发言中慨言，书体完备之后，便只有风格的演绎变化了，形成一种能影响后代的书法风格者，足可为一代大家。

2009年，陈羲明成为湖南地区唯一入选《书法报》书法海选“兰亭诸子奖”活动的书法家，并在全国范围内（含海外发行地区）海选投票中获得第一名，经国家级专家评委评选，一举获得最终大奖。其代表作《草书斗方》，被广大读者和专家誉为“今人少有的具魏晋神韵之草书佳作”。

很多书法家，一帖一体，抱守终身。陈羲明泛滥百家，博采众长，自出机杼。湘潭大学艺术学院教授蒋力馀称赞陈羲明“诸体皆能，而以真楷、行草为最”，誉其书“拙朴英迈、萧散虚灵”。

陈羲明曾与启功先生、沈鹏先生一道入选中央电视台与中国书协联合推出的“书法揽胜”五十位著名书法家专题展播；与金庸先生、黄永玉先生等大家先后被湖南卫视“背后的故事”专题报道。他先后荣获中国书协“德艺双馨”书法家称号，湖南省“五个一批”人才称号，是中国书协全国五十位最具有代表性的中青年书法家之一，中国当代首位进入国家档案馆的艺术家，享受国务院政府特殊津贴专家，荣宝斋出版《当代中青年书法家创作档案·陈羲明卷》，参加中国书协举办的第六、七届全国书法篆刻展览，第八届全国中青年书法篆刻家作品展览，第八届国际书法大展以及中国书协主办的高规格书法展览百余次，作品被海内外权威机构广为收藏，《人民日报》、凤凰卫视、《中国艺术报》、中国书画艺术频道、《中国书法》等数百家媒体报道其艺术成就。

张海先生在《羲明印象》一文中写道——书学之学，知行并举；书法之法，阴阳互动；书道之道，天人合一。这在某种意义上，是他对书法艺术的精妙概括。因此，他的书法方能达到凸显精气神的上善境界。

“书之妙道，神采为上，形质次之，兼之者方可绍于古人。”王僧虔建构的“形神”书法审美范畴，确立了一千多年来书法艺术欣赏和批评的标尺，影响至今。

陈羲明书法形神皆备的“上善境界”，正来自他对“书应有道，道法自然，应物变化”的洞察，亦得之于“技道并进”的坚持。

技道并进，书道即人道。

通晓天地之道，深明人世之理——2002 年 10 月 31 日，一场名为“知·道”的男装发布会登上中国国际时装周舞台。主办方某知名服饰公司以创造中国“国服”为己任，将汉字的笔画分解构成为现代中式的服装结构、造型和图案，弘扬五千年中华文化之大成。2003 年，该服饰公司特邀陈羲明以中国当代书法家的身份担当“品牌文化大使”，这一举措被媒体赞誉有加。

明其心，则闲。

齐白石老人有一句名言：一生只愿做闲人。

陈羲明得澳洲弘法第一人藏慧法师开示，自署九闲道人——看闲云，听闲水，交闲友，品闲茶，闻闲书，弄闲墨，踱闲步，养闲心，做闲人，并自作《上闲》诗一首：“一朵白云顶上闲，两山对坐亦如禅。三心洗净何来苦，四面春风物我忘。”

忙而失心，闲而明心。明心见性，方得清静。不为物役，不被境转。不与时人论长短，但同古贤比高低。陈羲明以师古而不泥古的决绝精神，不忘初心，沉潜经典，远离急功近利的习气。他对《爨宝子碑》就已坚持揣摩临习四十余年，追其神韵，将其古朴、稚拙的意趣融入笔端。

丙申（2016）腊月，陈羲明于“楷圣故里”——长沙市望城区欧阳询文化园“书堂山房”沐手熏香，以爨宝子笔意书“心经”巨卷，悬之于壁，照之于心。

欧阳询，“初唐四家之冠”，博览古今，尤笃好书法，“行见古碑，索靖所书，驻马观之，良久而去。数百步复还，下马伫立，疲则布毯坐观，因宿其旁，三日而后去。”唐张怀瓘《书断》称其书“八体尽能，笔力劲险，篆体尤精，飞白冠绝，峻于古人”。史载，欧阳询还在自家院内办“书舍”，招收门生，传授书学理论和技法，一时声名远播，桃李满天下。所撰《传授诀》《用笔论》《八诀》《三十六法》，全面总结了书法用笔、结体、章法等书法形式技巧和美学要求，成为中国书法理论的经典。

陈羲明自幼学书，即从欧阳询《九成宫醴泉铭》启蒙，耳顺之年设“书堂山房”书法工作室于望城区欧阳询文化园。

房以山名，书以人传，致敬先贤，以明心迹。

《九成宫醴泉铭》于唐太宗贞观六年（632）立碑，被誉为“正书第一”“唐楷之冠”“楷书之极则”。原碑存于陕西省麟游县，因年代久远，风化漫漶，加之历代捶拓开凿，屡经磨治，益失其真。陈羲明应望城区委、区政府之邀，历三载寒暑，从传世的《九成宫醴泉铭》拓本、欧阳询其他碑刻及留世未留名的欧体碑刻中，萃取最接近原碑书风的精华，毫发无损地成功复原《九成宫醴泉铭》，堪称一千三百年来最接近原作的范本。陈羲明还将效法李北海，亲刻《九成宫醴泉铭》复原版于书堂山。赓续文脉，对话楷圣，大唐气象，千年重光，必煌煌于史册。

陈羲明留心书理，汇成《砚边随想》一册，录其感悟，记其心得：书法不是画，却具画之魂魄；书法不是舞，却具舞之飘洒；书法不是音乐，却溢音乐之旋律；书法不是建筑，却合建筑之结构；书法不是气功，却藏气功之玄理；书法不是搏击运动，却备闪转腾挪之技巧；书法不是儒学，却具足儒之中道；书法不是佛学，却需求禅之心性；书法不是道学，却备以道法自然为极境；书法不是造物主，却抽象含表天地八荒之万千气象。

使笔如使心，披阅古今，简汰万象，砺炼意志，去除习气，抒发情感，正其性命——陈羲明别具一格地提出了书法创作与鉴赏的三种品格：文化品格、创作品格、自然品格，尤其强调书法创作主体“人”应以文化品格为重要基础。

中国作家协会、中国文艺评论家协会会员，福建省书法家协会常务理事、美术家协会理事陆永健将陈羲明的这种创作方法标举为“寻找”与“创作”的辩证统一——这种创作方法，源于羲明对书法的认知和理解，其实也正是他的生活态度和生命理念。在羲明看来，中国书法是最能反映老庄道家思想的艺术形式，其理想境界是摆脱“有用”的目的性，达到“无用”的审美效能，而这种精神自由的获得，是通过主体精神状态独立而自由的“游”的形式来实现的。通过个人的主观感受与客观的线条在时空意识中进行碰撞，产生的“火花”就是自然品格，这就是以深心契合外物、以灵命融汇万象的艺术化思维方式，是俯仰自得、造化自然的诗性文化体验，是对生命本体的关注与尊重。

万千气象，皆出于心。陈羲明的《观物》诗一语道破：“天地本来无，生生万物出。随心得自在，方有大千舒。”

北宋画家范宽亦云：“前人之法，未尝不近取诸物，吾与其师于人者，未若师诸物也；吾与其师于物者，未若师诸心。”

书画同源，中得心源。

心手双畅，臻于大美。

天地有大美而不言。

两千多年前，贾谊被谪为长沙王太傅，写就著名的《鹏鸟赋》——“且夫天地为炉兮，造化为工；阴阳为炭兮，万物为铜”。从三缘堂的窗外望去，阳光正擦亮贾谊故居的门楣。时光如流，岁月静好，大道之行，物我皆明。

其命维新

——胡紫桂书法之“变”

湘江东西，中直浯溪，石崖天齐。

771 年，颜真卿书丹、元结撰文，摩崖《大唐中兴颂》，大书深刻，石破天惊，气塞天地。

2021 年 3 月 20 日，湖南省文联、湖南美术出版社主办的“湖湘经典——湖湘千年书法大展”在长沙开幕。《大唐中兴颂》拓片高居中心位，气势浩然磅礴，吸粉无数。

“湖湘经典——湖湘千年书法大展”策展人，中国书协理事、湖南省书协副主席兼秘书长胡紫桂以“大历史”视野，“力图完整呈现湖湘书法的发展脉络及不同时期的代表作品。”

《大唐中兴颂》是颜真卿书法进入成熟时期的代表作，雄秀独出，含弘光大，一变古法。其行书“三稿”，奇伟秀拔，肃然出于绳墨之外。颜真卿书法成为辉映盛唐气象的鲜明标志之一。

笔墨怀三稿；琴声映二泉——胡紫桂工书画、通音律，这副自撰联正是其书法之“变”的美学宣示与心路写照。

胡紫桂，土家族，1970 年出生于湖南省慈利县。县名

胡紫桂作品·汉字水墨《龙》 201cm × 347cm

取“土俗淳慈、产物得利”之义。明万历《慈利县志》“人物”言此地“淑气磅礴，贤豪挺生”。胡紫桂自幼习书，出入“二王”，孜孜以求。县境曾出土楚简残片4000余枚，穿越两千多年时光，依然雄逸峻利、新奇疏朗，堪称书法珍品。当时，被抽调到县文化馆筹备土家族文物展的胡紫桂参与整理过这批楚简。

1997年，胡紫桂考入中国美术学院书法篆刻专业。中国美术学院坚守两条重要的学术传统：一是以首任校长林风眠为代表的“中西融合”思想，二是以潘天寿为代表的“传统出新”思想。胡紫桂沉潜砥砺，守正创新，书艺大进。

2002年，胡紫桂游学京华，受聘于北京今日美术馆。随后，又入北京外国语大学攻读日语。就在这一年，王镛、石开等人在北京今日美术馆举办“首届流行书风提名展”，轰动书坛。

2004 年，胡紫桂从北京回到长沙，任职于湖南美术出版社。先后策划、主编“中国历代法书名碑原版放大折页”系列、《中国书法史》、《书法新论》等书法、美术专业类图书三百余种。其中，《吴冠中全集》获金牛奖金奖，《鲁迅藏外国版画全集》获中国政府出版奖（政府出版最高奖）、中华优秀出版物奖。

2007 年 7 月 27 日，在 2513 次列车上，胡紫桂为参加全国“七十年代书家提名展”（枣庄）研讨会撰写发言稿。他写道：“我们可以不拘成法，甚至不择手段，用宣纸毛笔也好，用其他材料也罢，用行为表现也可。以此来表现我们的社会，我们当今的时代，一个有意义的事件，或者一种精神……”

2009 年 5 月 12 日 14 时 28 分，在北京 798 艺术园区，胡紫桂当场抽取自己 512 毫升热血，疾书“汶川”。

2017 年，胡紫桂调入湖南省文联，任湖南省书法家协会副主席兼秘书长。

2020 年，胡紫桂撰《白砥论书，微言大义》一文，其论如夫子自道：“世俗有不知其人、不解其志者，或以‘圣手’而誉之，或以‘丑书’而谤之。然其自有追求，不为所动。正所谓曲高和寡，特立独行。白砥先生所独有的艺术与学术品质在当代书坛难能可贵，更值得当下有志于书法艺术学习者研究和借鉴。”

千年书法，文脉传承，其命维新。

正如马宗霍《书林藻鉴》云："逮颜鲁公出，纳古法于新意之中，生新法于古意之外，陶铸万象，隐括众长，与少陵之诗、昌黎之文，皆同为能起八代之衰者。于是始卓然成为唐代之书。"

一个时代有一个时代的文艺。杜诗、韩文、颜书，无不以新的时代为背景自立风貌。

因此，胡紫桂书法之"变"，其意义不言而喻。

清慧而文　以开生面

——评吴萍书法

小寒至，梅破知春近。

一千余年前，刘禹锡谪居朗州（今常德）十年，对湖南春花秋月、山光水色了然于胸。其赞曰：“潇湘间，无土山，无浊水，民秉是气，往往清慧而文。”

北宋思想家张载曰：“太虚不能无气，气不能不聚而为万物。”

惟楚有材；于斯为盛。中国书法家协会理事、湖南省女书法家协会主席、湖南省书法家协会驻会副主席兼副秘书长吴萍生于常德，自幼习书，涵泳湖湘，守正创新，气格自立。

观之书作，其“气”有三。

其一，志气和平。

唐孙过庭《书谱》词翰双绝，言“右军之书，末年多妙，当缘思虑通审，志气和平，不激不厉，而风规自远”。宋米芾评《书谱》“凡唐草得二王法，无出其右”。清朱履贞赞其“一气贯注，笔致俱存，实为草书至宝”。

吴萍宗法二王，以《书谱》为圭臬，上溯《礼器》《张迁》，接续王铎、张瑞图，志气和平，踔厉奋发。

其二，无点尘气。

张瑞图与董其昌并称“南张北董”，草书“奇恣如生龙动蛇，无点尘气”，另辟蹊径，“圆处悉作方势，有折无转，于古法为一变。”

王铎著《文丹》，主张“全无气，不名为文”。其书独尊羲献，气骨独标，方折运笔，“虽模范钟王，亦能自出胸臆”。

吴萍心追手摹，沉潜《礼器》之清新劲健，荟萃《张迁》之清雅方整，纵横《书谱》之清逸流润，氤氲王铎之淋漓，砥砺张瑞图之奇崛，一气呵成，无点尘气，笃行不怠。

其三，风气自创。

湘人何绍基被誉为“有清二百年以来第一人”，融会碑帖，风范独造，强调“书家须自立门户，其旨在熔铸古人，自成一家。否则，习气未除，将至性至情不能表见于笔墨之外”。

诚如国学大师钱基博在《近百年湖南学风》所言，湖南人“抑亦风气自创，能别于中原人物以独立”。

吴萍根植湖湘，瞩目何绍基，私淑先贤，风气自创，清慧而文，以开生面。

吴莽的“平”

吴莽的“平”，一曰平正，二曰平直。

平正者，吴莽学书之道也。

刻碑之兴，当在汉代。一碑一奇，莫有同者。吴莽习书，直从汉碑入，于《礼器》用功至深。《礼器》为庙堂碑之典型代表，更是隶书极则。明末学者郭宗昌在《金石史》中言：“汉隶当以《孔庙礼器碑》为第一。”又：“其字画之妙，非笔非手，古雅无前，若得之神功，弗由人造，所谓星流电转，纤逾植发，尚未足形容也。汉诸碑结体命意，皆可仿佛，独此碑如河汉，可望不可即也。”吴莽较长时间浸淫该碑，心摹手追，终将其古雅醇厚之气、飘逸跌宕之势尽收腕底。

尔后，吴莽开始潜心钻研张瑞图。张瑞图作为晚明颇具创造性的书家之一，行草初学孙过庭《书谱》，兼取六朝北碑的雄劲峻厚，一变隋、唐、宋、元、明行草大家用锋之法，硬峭纵放，气骨独标。吴莽临池不辍，悉心体味而得其笔势。

大唐是一个气势恢宏的朝代。书坛群星璀璨，各领风骚。孙过庭继往开来，巨笔如椽，构建出一种儒家审美原则影响下的书法秩序。《书谱》云：“至于初学分布，但求平正；既知平正，务追险绝；既能险绝，复归平正。”吴莽也由此重塑自我的艺术坐标，近年精研《书谱》，深入堂奥。正如

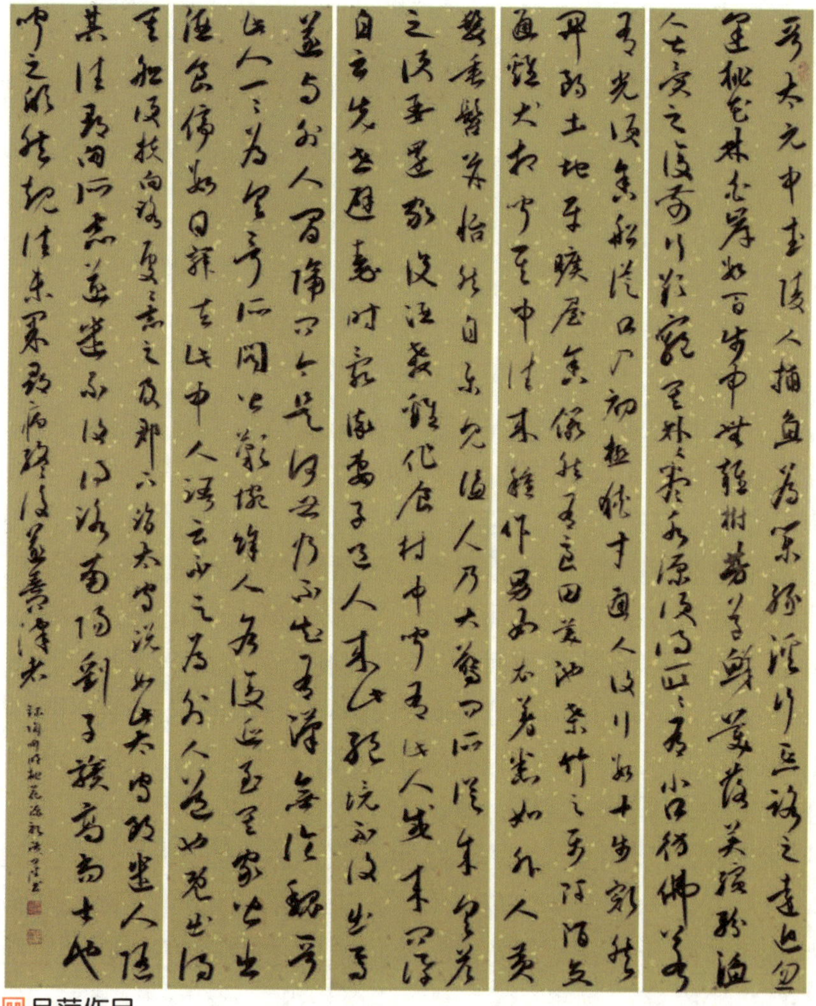

吴萍作品

郑伯阳在《居高声自远，非是藉秋风——吴萍其人其书》一文中所赞：“其书作灵秀、含蓄，自成面目，观之令人神清气爽。”

平直者，吴萍为人之道也。

平谓心平，直谓行直。六祖慧能说：“心平何劳持戒？行直何用修禅？”书道如禅道，人品即书品。黄宾虹曾言：“人品的高下，最能影响书画的技能。讲书画，不能不讲品格。有了为人之道，才可以讲书画之道，直达向上以至于至善。”

吴萍生于湖南澧水之畔。临澧历史悠久，钟灵毓秀，文气峥嵘。吴萍生长于斯，耳濡目染，心追先贤，淬炼品质。她在湖南省书法家协会工作已二十多年。2006 年至今，兼任湖南省女书法家协会主席。她以真情、真心、真意为广大会员服务，心境清虚、甘于淡泊，被全省青年书法同仁亲切地称为“吴姐”。吴萍修德养艺，不忘初心，坚守平直，体现了一位书法工作者的可贵操守。

王国维在《人间词话》中亦论：“古今之成大事业、大学问者，必经过三种之境界。‘昨夜西风凋碧树。独上高楼，望尽天涯路’，此第一境也。‘衣带渐宽终不悔，为伊消得人憔悴’，此第二境也。‘众里寻他千百度。回头蓦见，那人正在灯火阑珊处’，此第三境也。”

艺无止境。吴萍以自己的方式，上下求索，不断探求着书法与人生的新境界。

——此文原载 2017 年 3 月 14 日《中国书画报》

静观陈阳静

万物静观皆自得，四时佳兴与人同。

壬寅（2022）。大雪。

陈阳静，人书自得。

1984 年 10 月，陈阳静生于湖南浏阳，27 岁任河北美术学院书法学院院长。作为全国规模最大的书法学院，陈阳静引领学院致力于书法教育改革，大胆创设以行草书教学为中心配合各学科理论教育的新模式，为高等书法教育改革探索新路。

河之北。

湖之南。

游于斯。

2022 年 8 月，“游于斯 ——陈阳静书法作品展”在湖南省画院美术馆展出。

《道德经》言：“夫物芸芸，各复归其根。归根曰静，静曰复命。”

中国书法家协会学术委员会委员姜寿田称赞陈阳静的草书创作取法敦煌木简、《居延》《武威》汉简，复归书法之“根”，高古、简远，“使当代汉简创作臻于一个新的阶境，

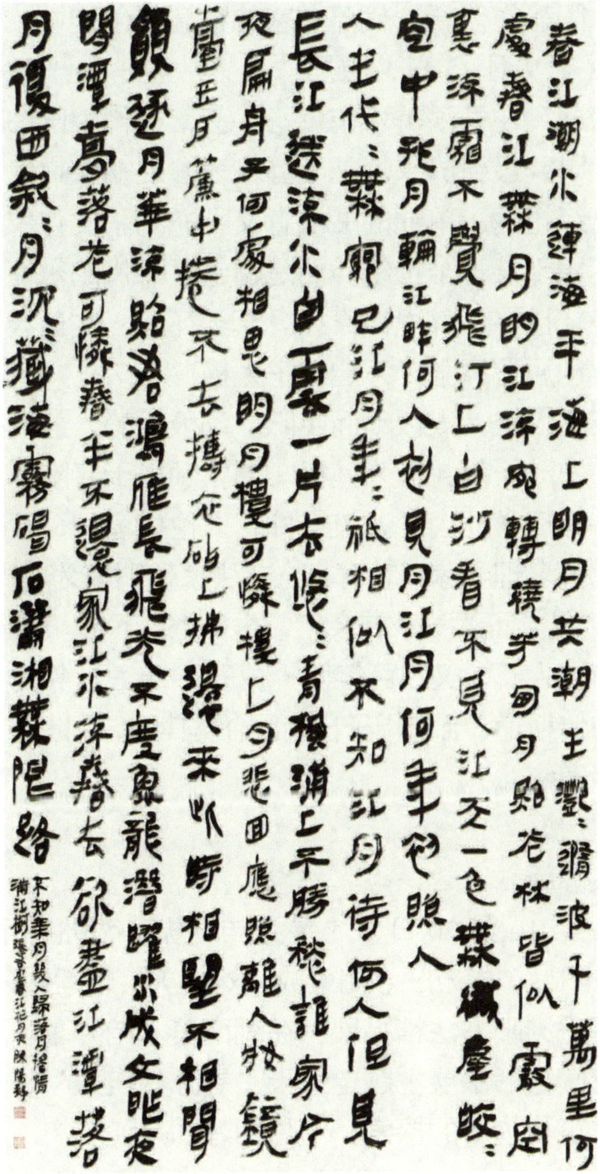

陈阳静作品《春江花月夜》

显示出陈阳静作为新一代草书家的睿智与创造性。”

2022 年 9 月 15 日，首届“怀素故里——当代全国草书名家邀请展”在长沙美术馆举行，荟萃当代中国书坛草书艺术最高水平、最新成果。陈阳静代表参展书法家发言：“这次展览已经超越了单纯的书法意义，充满了文化仪式感，正如怀素不属于某一个世纪，而是超越了时代的永恒存在。”

狂来轻世界，醉里得真如。草圣怀素，文运天开，独步大唐，上承屈贾风骚，下启周子太极。

无极而太极。太极动而生阳，动极而静，静而生阴，静极复动，一动一静，互为其根。周敦颐出于舂陵，作《太极图说》，为理学开山，万流景仰，人伦楷模。

清代著名理学家、教育家、书法家贺瑞麟为《周子全书》作序曰：“孔孟而后，千有余年，圣人之道不传。道非不传也，以无传道之人耳。汉四百年得一董子，唐三百年得一韩子，皆不足与传斯道。至宋周子出，而始续其统，后世无异词焉。”

千年道统。

寻源自振。

历久弥新。

2021 年 10 月 20 日，“寻源与自振·湖湘中青年书家七人（陈阳静、周方旺、陶渠成、刘擒虎、唐运乐、叶年洲、何飙）展暨浏阳书法精品展”在湖南美术馆开幕。

“我们将书法展主题定位于‘寻源与自振’，正是对湖南书法守正与创新的探索。”陈阳静如是说。

君子创业垂统，为可继也。

明代项穆《书法雅言》以“书统”开篇，主张“书统”即“道统”：“正书法所以正人心也，正人心所以闲圣道也。”

道通天地有形外，思入风云变态中。

静观陈阳静，正如是哉！

2022 年 12 月 7 日夜于长沙城北

梁理之理

梁理之理有三，曰地理、曰文理、曰艺理。

其地理，必灵。

梁理出生于长沙市望城区茶亭镇，邑有九峰山，峰凡九叠，故名。“山脉自玉笥山来，至此巍然特立，又南行微西折十余里，至黎家尖又十余里，至书堂山。”

屈原登玉笥山而作《九歌》，于三百篇之外，自成风格，乃文学之鼻祖。

欧阳询居书堂山读书临池，其正楷为“翰墨之冠”，尊为楷圣。

予观九峰山，北承玉笥、洞庭，南接书堂、湘水，磅礴郁积，人文蔚起。

前人于九峰山旁筑惜字塔，塔顶生树，见者惊为奇观，至今一百余年矣。

山川萃天地之气而化生人文之理，必有其人，以钟其灵秀。

其文理，必仁。

梁理，号北坡居士，喜文、擅书、善画、治印，于茶亭镇建知微书屋——梁理书画艺术工作室，致力公益，服务桑

梁理作品“静饮山川清气；旷怀天地大观”

梓，厚植文气，赋能文旅。

“梁理书画艺术工作室”系“共和国医者”、北京天坛医院原儿科主任梁承玮先生所书，“知微书屋”乃画家黄定初先生题名，门联由友人撰赠梁理手书，联曰：

尚友会心论钟铭鼎勒；

宏观养气思禹寸陶分。

梁承玮先生生于 1928 年，医者仁心，于书法、诗词颇有建树，系北京市诗词、书法及楹联学会会员，出版专著《给年轻人讲传统格律诗词》《怎样把字写好——汉字书法源流美学与技巧及其传统》，并创造性地提出了“书法形质美与韵致美的概念”。

“壮士从军胆气豪，旌旗猎猎战云高。沙场莫作还乡梦，雨雪纷纷夜枕刀。”抗战老兵、长郡中学退休语文教师梁承彦先生生于 1925 年，常书此自作诗以志家国情怀。

梁氏一门，祖上为清重修城南书院发起人之一，并于铜官捐建义渡，乡邑捐建义学，诗书传家，仁风远播。

梁理自幼随叔祖梁承彦、梁承玮先生习书法、学诗词，胚胎前光，耳濡目染，高中毕业后投笔从戎，在空军某部服役，因执行某紧急任务时负伤而复员。梁理于书法用功尤深，求学京华，游学欧美，遍访明贤，格物致知，积微成大。

2017 年 8 月 4 日，“三生有幸——梁理、梁小钧、梁林波书法学术交流展”在岳麓书院中国书院博物馆开展。是时，梁理为湖南省青年书协主席，梁小钧为浙江省青年书协副主席兼秘书长，梁林波为陕西省青年书协副主席兼秘书长。

元代著名理学家吴澄感叹：“天地与人同一理，世间知者几。”

吴澄曾作《重建岳麓书院记》，提出“欲成就人才以传道济时也，而其要曰仁”的观点，并论曰：“盖仁体之大，如天之无穷，而其用之，行于事物无不在。迩之事亲事长，微而一言一行皆是也。”

因此，梁理积微践行，创办湖南省青年书协冲刺国展公益培训班（现已成功举办九届），组织策划湖南省青年精英展、湖南·四川青年书法学术交流展、湖南·浙江实力派青年书法联展、湖南泉州青年书法联展、中国书法兰亭奖湘籍作者作品展、全国青年书法家协会联盟首届双年展等。主编《湖南省青年书法年鉴》《湖南省青年精英展作品集》《湖南·四川青年书法学术交流展作品集》《湖南·浙江实力青年书家提名展作品集》《全国青年书法家协会联盟首届双年展作品暨论文集》。汶川大地震后，梁理只身前往震中映秀镇做志愿者。2023 年 7 月 8 日至 18 日，由梁理发起，湖南省青联文化艺术专业委员会、湖南省青年书法家协会主办，梁理书画艺术工作室承办的“情暖留守，笔墨青春——关爱留守儿童夏令营”公益活动给留守儿童营造温馨的文艺之家，以美育人、以文化人，为弘扬优秀传统文化播下希望的种子。

其艺理，必正。

梁理守正创新，外师造化，中得心源，其书私淑道州何绍基，碑帖合一、刀笔互参，以康有为“欲孕南帖、胎北碑、熔汉隶、陶钟鼎，合一炉而冶之”为圭臬，应目会心、由人复天，书风日臻浑穆、渊茂、古厚、雄深、宽博。作品多次入展中国书协、西泠印社等举办的重要展览，曾赴法国卢浮宫、大英博物馆、牛津大学、剑桥大学、斯坦福大学和加州大学进行文化交流，曾作为中国青年代表团成员随团中央全国青联分别于 2016 年、2019 年访问越南、印度。2015 年赴美国参加上巳雅集及联合国文化交流活动，作品被联合国永久收藏。2019 年参加中非经贸论坛，其书法作品《中非友谊万古长青》赠送给非洲代表团。2021 年 9 月至 2022 年 7 月在中国艺术学院任访问学者，2022 年 12 月被省艺术系列（新文艺群体）高级职称评审委员会评为二级美术师。

万物化育，天人一理。

致知积微，文脉日新。

梁理以文载道，以艺修身，笃行致远。

心正则笔正

——颜正正的“正”

心正则笔正——颜正正以自己的方式深刻诠释了书法的永恒法则。

“风月畅怀抱，琴书悦性灵”“身放闲处，心在静中”“海纳百川”“虚怀乐善”“湖光秋月两相和，潭面无风镜未磨。遥望洞庭山水翠，白银盘里一青螺”……颜正正的系列书法作品，折射着她关于书法与人生的终极思考。正如余秋雨先生在《文化苦旅》中所言：“只有把书法与生命合二为一的人，才会把生命对自然的渴求转化为笔底风光。”颜正正因此为自己的书法人生赋予了更本真的价值追求。

在颜正正的书法生命中，其父颜家龙的意义不言而喻。颜家龙先生乃一代大家，时人谓其书“以厚劲拙涩，方拗硬折为用笔之特征；以紧结方扁，字内多变为结构之特征；以力沉势雄，气象开阔为审美之特征”，形成了奇崛瑰丽，沉雄飘举，风格豪放的艺术风格。我们欣喜地看到，在颜正正笔下，那种像血脉一样传承的书法文脉。

其实，颜正正给人的第一印象是那种很内秀的女子，她的书风所彰显出来的心灵张力，实现了对自我和小我的超越。在人生和书法之间，她以女性的直觉和智慧，洞悉书法之道。

唐代书法大家柳公权云：“用笔在心，心正则笔正，乃可为法。”柳公之“心正则笔正”，不但是笔谏之隐语，亦是书法之真谛。

何为“心正”，就是《尚书》上所说的“平康正直”；何为“笔正”，即笔法的自然和精纯。

人如其名，书如其人。颜正正以“正”为名，以“正”为人，以“正”为书，堪称“正”道，必得“正”果。

——此文原载2010年2月8日《三湘都市报》

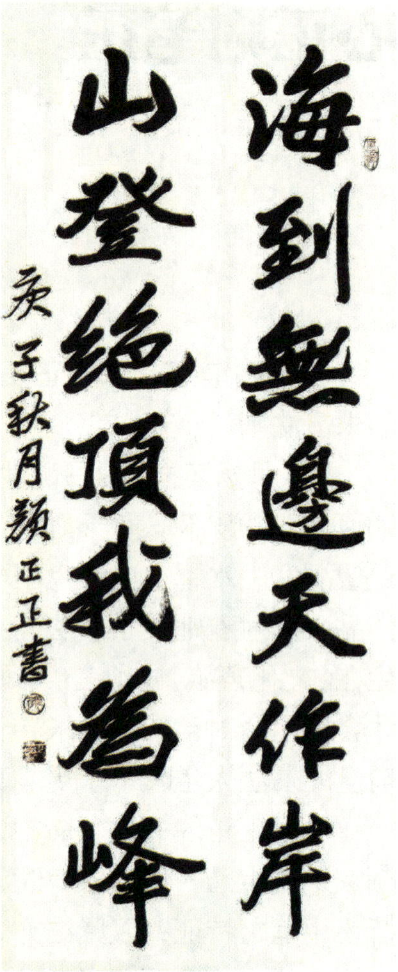

颜正正作品

在张锡良新著《艺术的他律·自律——何绍基与赵之谦》座谈会上的发言

感谢陈松长院长亲自把锡良老师这本书送到我们手上，我确实是认真拜读了，主要有三个方面的感想：

一是人物研究的文本表达。张老师是把何绍基和赵之谦两个人放到一本书里面表达，正如陈松长院长在这本书的序言中说的，让人一看就想起了郭沫若的《李白与杜甫》。其实，追溯《史记》的传统，司马迁的《屈原贾生列传》就是把屈原、贾谊两个人放在一起，因为他们二人的遭遇有许多相同之处。而张老师的书是通过何绍基与赵之谦这两个书法人物来谈艺术的他律、自律，重点研究了两位书法人物艺术取向的不同之处，我觉得这个文本的表达既是一个传承，更是一个创新。

二是艺术研究的样本选择。我们要用什么样本来谈清代的书法艺术，清代这么多书法家（我注意到张老师书中引用了一个数据，是说有人曾以历史统计学方法对晚清唐楷书风的地位做定型分析时，研究了 306 位书家），为什么张老师要选何绍基和赵之谦？中国著名翻译家、文艺评论家傅雷在

2024 年 3 月 29 日，湖南大学简帛文献研究中心和长沙市张锡良书法艺术中心联合主办的张锡良新著《艺术的他律·自律——何绍基与赵之谦》座谈会在湖南大学岳麓书院举行

写法国画家塞尚的时候说：“要了解塞尚之伟大，先要知道他是时代的人物。”什么是时代的人物，傅雷提出了一个公式：所谓时代的人物是永久的人物 + 当代的人物 + 未来的人物。当然，何绍基和赵之谦无疑是清代书法两个当之无愧的时代的人物，所以说这本书的艺术研究样本选择非常精准。正因为很精准，所以才构成了这本书的独特价值。

三是书法研究的范本建构。研究文化现象或者历史人物必须以大历史观、大文化观建构更宏阔的研究范本，我认

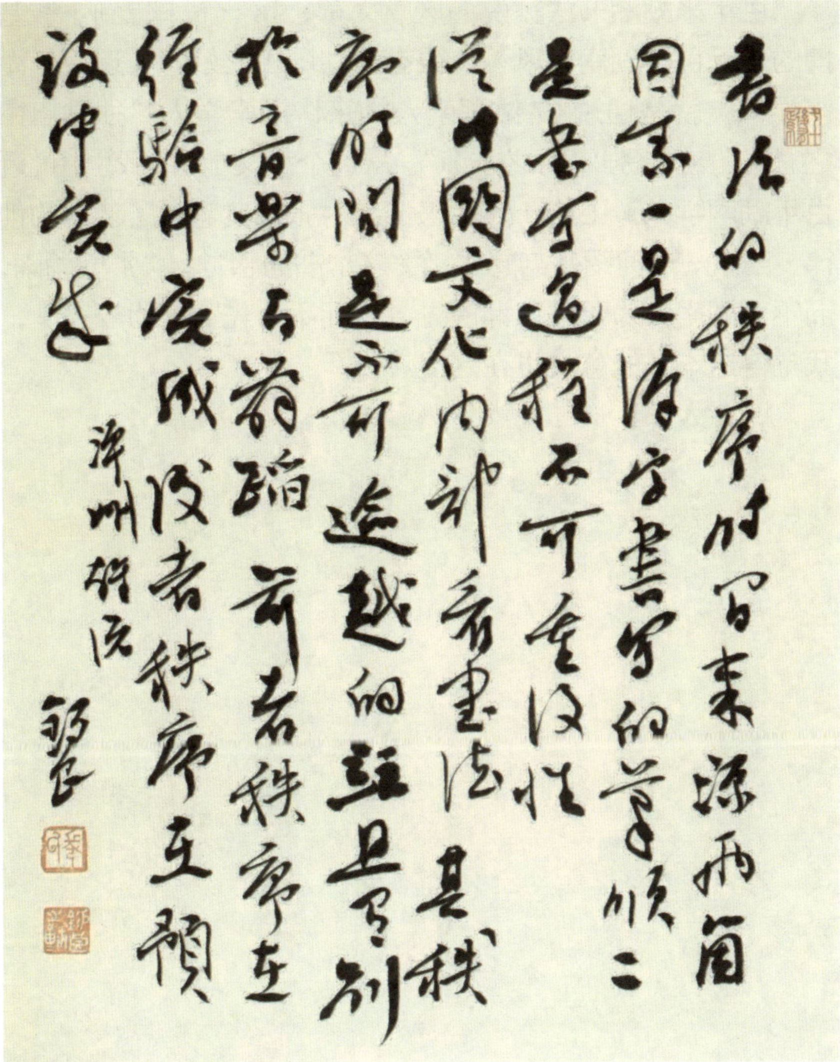

张锡良作品《潭州杂说》

为这本书就是非常好的建构，特别是书里收录了张老师的《二百年来湖湘书法蠡说》这篇文章，我一下子想到了钱基博的《近百年湖南学风》，很有异曲同工之妙。《近百年湖南学风》就是通过 17 位湖南人物来讲湖南学人“独立自由之思想”与“坚强不磨之志节”。从这个意义上讲，我引用《近百年湖南学风》中的一句话来谈我对张锡良老师《艺术的他律·自律——何绍基与赵之谦》这本书的感觉，“张皇湖南，而不为湖南，为天下；诵说先贤，而不为先贤，为今人”，我觉得这本书的意义也在这里。

谢谢大家！

【肆】

山川无极

——旷小津山水画述评

一个时代有一个时代的山水。

明代王世贞以史家视野评述山水画的千年之变："山水至大小李一变也，荆、关、董、巨又一变也，李成、范宽又一变也，李、刘、马、夏又一变也，大痴、黄鹤又一变也。"

夫画，天下变通之大法。

"我爱大山，我爱时代，用山川写时代是我的感动，也是我心灵之情的冲突。"湖南省文联副主席、湖南省美协主席旷小津在创作札记中宣示自我山水画的时代之变。

1963年，旷小津生于天津，潜心书画篆刻，师从津派山水画大家白庚延先生，承续五代"北方山水画派鼻祖"荆浩衣钵，大山大川、开图千里，笔墨互鉴、皴染兼备，独创"石刻皴"，推出《山魂》《辉煌岁月》《巍巍太行》《云开太行奇》《东方魂》《秋韵》等系列太行山题材的力作，其作品被誉为"旷氏山水"。

1989年，旷小津回到祖籍湖南，亲炙"为湖湘山水开创新模式"的著名美术家曾晓浒先生，踵武"清初四僧"之石涛，"搜尽奇峰打草稿"，砥砺"一画之法乃自我立"，

旷小津作品《世界自然遗产张家界——御笔峰》

独开潇湘山水新境。

湖南，崇山巨川，天地奥区，古道圣土，屈贾风骚。

奇峰三千，秀水八百——大自然三亿八千万年的“沧海桑田之变”，在湖南西北部、澧水中上游、武陵山区腹地的张家界，雕刻出全世界罕见的石英砂岩峰林地貌（国际地貌学家协会命名为“张家界地貌”）。

两千多年前，屈原行吟沅澧，“见楚有先王之庙及公卿祠堂，图画天地、山川、神灵”，呵《天问》之问，发湖湘文脉之先声。

天地大美，山川无极。

《天问》“曰：遂古之初，谁传道之”——旷小津传承文脉，以画载道，矢志为湖南山川立传。

2024年3月，由中国美术家协会、湖南省文联、湖南省美协主办的文化名家暨“四个一批”人才自主选题项目“大美天成·张家界——旷小津山水画展”在湖南现代美术馆成功举办。

山水，天地之形势。一画也，无极也，天地之道也。

大美天成，山川无极。

天地之道，道在日新。

《日出东方——世界自然文化遗产·张家界》《御笔峰》《黄石寨》《天门山》《水墨张家界》《仙境张家界》《武陵旭日》……旷小津以崇高浑雄的笔墨范式，云气纵横，于混沌中绽放光明，精准呈现了自我对张家界在地理学和文化学意义上的独特理解。

因此，正如荆浩与太行山、黄公望与富春山、王履与华山、王蒙与太白山、沈周与庐山、王时敏与终南山、石涛与黄山……“山川与予神遇而迹化”，旷小津与张家界合而为一，以“北派画风”阐发潇湘美学“山川无极”的时代新质。

造化是我师

——石纲山水画述评

清代戴熙论画：“古人不自立法，专意摹写造化耳。会得此旨，我与古人，同为造化弟子。”

2025 年 1 月,《中国美术报》“特邀美术界同仁共话未来，展望 2025 年的辉煌图景”，中国美术家协会理事、湖南省美术家协会副主席、湖南省画院院长石纲特别强调：湖南省画院将继续打造“漫步山水间——当代湖南山水画风”主题美术创作工程。

漫步山水间。

造化是我师。

2003 年，湖南就开始发起“做了一个既有现代，又有传统的叫‘漫步山水间’的展览”。

作为“漫步山水间”的主导者之一，石纲在“传统”和“现代”之间游刃有余。他以鸿蒙、激情、自在、周流、诡谲、恢弘、富丽、深邃、浪漫、混沌、繁缛、飞扬、永恒、神秘……的笔墨语言，不断构建潇湘美学的图腾式符号与哲学维度。

正如中央美术学院教授薛永年在《语新意奥　楚韵今情——石纲山水画观后》一文中所揭示的：“石纲的山水画

的确是新时期纪念碑式的山水画之后又一值得重视也不无启迪的创造。他的创造放眼外国而植根传统，但那传统已非元代以后的文人画传统，也未限于众所关注的北宋传统，而是更有深厚文化精神内蕴的上古传统。”

湖湘一万年。

造化是我师。

2024 年 12 月 3 日，央视播出大型历史文化纪录片《湖湘一万年》第二集《凤起沅湘》，深度揭秘中国史前第一次艺术浪潮——七千八百年前湖南沅水流域的高庙文化——“无论神鸟纹还是兽面纹，都是被赋予了超凡能力的神灵，而与之相伴的高山和流水也同样被赋予了神性。它们构建了中国目前已知年代最为古老的神灵体系。”

楚人崇凤。

山水清音。

清华大学美术学院艺术史论系教授陈池瑜认为：“凤凰激发了楚人巨大的想象力，帮助楚人形成楚学美学中流观天地的宇宙感和动态审美观。”

两千多年前，屈原行吟湖湘，在《离骚》中自比凤凰：“吾令凤鸟飞腾兮，继之以日夜。”

石纲，1967 年生于湖南长沙，自幼学画，尤喜山水。其父擅木雕，其母善湘绣，所绣《百鸟朝凤图》堪称绝活。

2011 年，石纲在接受雅昌艺术网专访时，用“灵性”“神秘”“博大”来阐释湖湘文脉的“上古传统”，并坦言他对山水画的理解：“我觉得山水画它包含的内涵很深，它把自

石纲作品《云岚清晓》

然界所有的东西都包容进去了，这是我在二十来岁的时候就建立中国山水画的一种理解。按照我这个思路，创作一些作品，这十多年来一直在执着地追求山水画这种高深的艺术境界，在这个里边探索。”

1993 年 9 月 26 日，中国美术家协会中国画艺委会主办的“首届全国中国画展览会”在中国美术馆举行，二十来岁的石纲以山水画《楚地之灵》入展，引发画坛关注。

当时，美术史论家孙克以《走向成熟的中国画新阶段》为题，为“首届全国中国画展览会”撰写感言：即在新世纪里，中国画可能发生很大变化，但是我敢肯定，即使世界大同一片了，文化的地域、民族特征也不会消失。

毫无疑问，石纲的“探索”就是对“文化的地域、民族特征”的不断抵达与不断发现。

为此，石纲曾用十三年的时间去画一幅山水画。

2004 年 7 月，湖南师大美术学院副教授周功华从“承载历史所赋予的重任，推动湖南美术事业继续向前发展”的高度为石纲策展：“石纲创造了一种以彩赋形、以色造境的具有现代审美意义的工笔山水画。他的画看似秀润实则气象博大，沉郁中透出灵动，平面中托出浑厚，既有一种浪漫而诡异的楚文化因子，又有一种道法自然的中国艺术精神。”

我自用我法。

造化是我师。

清代著名画家石涛生于广西全州，全州为湘水、潇水交界之地，遂自号清湘老人，其友洪去芜说：“清湘道人出自潇湘，故所见皆是楚辞，其画随笔所到，无不可从《九歌》《山鬼》中想见之。”

石涛提出“搜尽奇峰打草稿”“我自用我法”，他“荡波小艇读《离骚》”，开一代新风。

石涛生平密友费锡璜有《松石引赠石涛上人》诗一首，诗中赞曰：“善画乾坤不几乎，吾师得名亦已久。写出青山幅幅奇，生面从前开未有。皴染破尽古人法，眼光如炬胆如斗。胸中丘壑日层出，顿觉倪黄翻在后。”

石纲传承楚风、私淑先贤、融汇中西，荟萃水墨、青绿、浅绛、金碧、泼墨、泼彩、工笔、写意、壁画、帛画、漆画和后印象派技法于一炉，先后创作出《扇面结集·楚云》《云雾润蒸》《春来》《红影照峥嵘》《万峰烟翠》《群木笼烟》《家乡山水永吉祥》《云岚清晓》《山云锦淙系列》《正是潇湘烟雨时》……旨在“写出青山幅幅奇”。

古梦山水云。

造化是我师。

王跃文先生为石纲作品中的古、梦、山、水、云所感动，他评论说：“石纲的目光超越时光流速，为我们追回了人类远古的初梦。那是人类在亘古鸿蒙时代对宇宙，对自然的最初记忆。时光流转。也许那打量宇宙的第一眼已经被我们淡忘了，包括我们对人类自身命运最本真最彻底的追问。”

从某种意义上来说，我们对人类自身命运最本真、最彻底的追问，就是对自我心灵的观照与皈依。

亦如东山魁夷的告白：“由于我深深地深深地将自身沉

浸在自然之中，因此才能看到自然微妙的心灵，也就是我的心灵。”

万法归心。

道法自然。

大道至简。

“随着修养的积淀和历练，艺术家越要单纯。”石纲如是说。因此，他以造化为师，心物熔冶，漫步山水间，矢志以“楚风”赋能“当代湖南山水画风”。

谭长德松风阁记

天地温厚之气莫盛于南，而尊严之象莫隆于岳。

南岳衡山，天下寿岳，洞天福地，五岳独秀，文明奥区，钟灵而毓秀。

吾兄谭君长德，祖居南岳前山。幼承家学，初学书，年十三专攻画，搜尽奇峰，问道诸家，砥砺四十载，擅山水，喜松云，笃志为南岳立传，自办美术馆，曰松风阁。

松风吹解带，山月照弹琴。

一千两百多年前，王维归隐辋川，吹吹风、看看月、写写诗，绘《辋川图》。

王维文章冠世，画绝千古，创“始用渲淡，一变勾斫之法”水墨画法，“山水松石，踪似吴生（吴道子），而风标格调特出”，开中国水墨山水画肇兴之功。

谭长德自王维、董源、巨然筑基，纵横荆浩、关仝、李成、范宽，贯通二米、王蒙、吴门四家，参于造化，气韵高清，自悟“画无定法，无法有法，我画我法，我法我画，笔笔生发”，机杼独出，欲秀而苍写衡岳。其《南山幽居》松云氤氲，掩映宅院，家山气象，一派天然，犹如王维《辋川图》之不静之静，亦如陆俨少先生《上柏山居图》之不变之变。

谭长德作品《南岳梵音松韵》

天地之气，凝而为山，融而为川，萃而为松，变而为画。

2021 年 5 月 13 日，“南岳松风——谭长德山水画”展为松风阁美术馆开馆。

谭长德生于南岳，长于南岳，画于南岳，其画松之法上承荆浩，“可忘笔墨，而有真景”，于清初四僧之弘仁、金陵八家之龚贤、岭南画派之黎雄才处再开生面，奇秀峥嵘，被誉为“谭松”。

《芥子园画谱》“画松法”论曰：“松如端人正士，虽有潜虬之姿以媚幽谷。然具一种耸峭之气，凛凛难犯。凡画松者，宜存此意于胸中，则笔下自有奇致。”

松风起兮。

南岳独飞。

长德如松。

是为记。

大山堂堂

——谭长德山水画述评

南岳，大山也。

大山堂堂。

长松亭亭。

2024 年 6 月，湖南省美术家协会副主席、秘书长谭长德《松风无尽——谭长德作品文献集》出版。这种人与山川“互藏其宅”的精神在谭长德这里得到崭新的演绎，其南岳写生既是南岳风神付诸丹青妙笔的新生，也是他在南岳之助下苦苦追寻的艺术新生——夏义生先生以《欲搜南岳入心源》为题撰文作序，高度肯定“谭长德为南岳立传之精神”。

南岳立传。

大道日新。

2021 年 12 月，雅昌艺术网专访谭长德。谭长德强调说：“在传统中创新，是我一直探索的课题。如果只有传统没有创新，肯定是不够的，传统是在延续发展中形成的。历史上的荆浩曾对人说：‘吴道子画山水，有笔而无墨，项容有墨而无笔，吾当采二子之长，成一家之体。’荆浩所说的其实就是继承传统和开拓创新的关系。”

因此，笔墨之变，正是谭长德山水画之大旨。

2021 年 9 月，《美术观察》杂志刊发谭长德《从南台寺写生谈中国山水画的笔墨现实应用》一文，全面展示谭长德关于“笔墨之变”的心路历程：我渐悟宾虹笔墨之“浑厚华滋、意境深邃”之特色，并由此经明、清之沈周、“四王”，进而直追宋元五代王蒙、黄公望、巨然、董源之笔墨，在此基础上亦取北派山水之雄浑刚健。回首发现，这种雄浑而又不失清雅、苍劲而又不失灵秀的笔墨，正是己之内在真性情，也是我在写生中所“悟道”的适合自己的笔墨语言。盖此乃清代沈宗骞之所谓“笔墨本通灵之具”也。

笔墨通灵。

维南有岳。

南岳，天地奥区，五岳独秀，气象万千。清代学者潘耒所论尤妙：“南方高广之山甚多，而此独标为岳，有以也。夫山势嵯峨耸拔，无泉不秀，无峰不灵，而未尝以一岩一壁见奇。又如大人长德，包含众美，而偏长独艺，不以自鸣，测之莫竟其端，窥之莫穷其际也。”

“作为南岳人，我有责任和义务去画这里的山水，这是我毕生要做的一件事情”——谭长德“以心性求技艺，以技艺化心性”，鼎立“南岳意识”，提出“笔墨与景谐”的创作论、构建“衡山皴法”的源与流、点睛“北势南韵”的南岳意境，为南岳立传，别开山水生面。

《南岳梵音松韵》《南岳如飞》《南山幽居》《一行秋雨家山寒》《南岳老龙潭》……谭长德化繁为简、化曲为直，略施赭石、青碧，南岳意境跃然纸上。

卢禹舜先生这样评价谭长德的“笔意衡岳”：正是由于不断吐郁节而纳新情，沉广观而耕不辍，使他的作品形成了欲秀而苍、苍劲古厚、烟润淋漓、雄健挺拔的艺术特质，让人耳目一新，实为厚积薄发之举。

在华夏先民的认知体系中，松树是最早被赋予神性的植物之一。《山海经》记载的“大荒之中，有方山者，上有青树，名曰柜格之松，日月所出入也”，正是先民对永恒生命的想象投射。这种原始崇拜在《礼记》中得到理性升华：“其在人也，如竹箭之有筠也，如松柏之有心也。”

谭长德爱松，他“画南岳山水，无山不松，无水不松，无画不松”。《南岳不老松写生之二》跋曰：“卅年前写生是这样精神，如今还是庄严挺拔。庚子，长德写于南岳半山亭并记。”

谭长德以松见道，方知古人“画松一似真松树”的深意与禅机，原是天地造化最本真的笔墨。

笔意衡岳。

松风无尽。

2025 年 4 月，“松风无尽——谭长德山水画展”将在中国美术馆举行。

当松风穿越宣纸的经纬，氤氲的不仅是自然的天籁，更是天下南岳千年文脉的心跳。这种天人合一的艺术境界，正如清代唐岱《绘事发微·自然》所言：“以笔墨之自然合乎天地之自然，其画所以称独绝也。”

——此文原载 2025 年 4 月 14 日《中国美术报》

君子之风

——周广军的笔性墨情

长沙，屈贾之乡。

两千多年前，贾谊自河南洛阳谪长沙，及渡湘水，作《吊屈原赋》。清代刘熙载《艺概》论曰：“读屈贾辞，不问而知其为志士仁人之作。”又言“笔性墨情，皆以其人之性情为本”，并提出了“书如其人”的著名论断。

周广军，河南杞县人，1996年考入长沙政治学院文管系。军旅文心，上下而求索，现供职于湖南省文联。

先贤过化，心迹传承。

笃行致远，历久弥新。

2021年12月19日，“笃行致远——周广军书画艺术展”在长沙开幕。隶、草、楷、行竞秀，禽、鸟、花、木生辉，洗练简静，率真敦雅。笔性墨情，君子之风，正如其人。

清代周星莲《临池管见》写道：“字画本自同工，字贵写，画亦贵写。以书法透入于画，而画无不妙。以画法参入于书，而书无不神。”

周广军幼承家学，5岁学书治印，19岁加入中国书法家协会，28岁加入中国美术家协会，40岁加入中国戏剧家协

周广军作品《朝霞》

会，先后进修于解放军艺术学院和中央美术学院美术系。其书“以古人之规矩，开自己之生面”，隶书朴秀、草书劲秀、楷书雄秀、行书逸秀。其画主攻花鸟，师法任伯年、吴昌硕，兼工带写，色彩明雅，生机盎然。他以书入画，以画入书，刚柔相济，自出新意。笔性墨情，君子之风，亦如其人。

宋代《宣和画谱·花鸟叙论》云："所以绘事之妙，多寓兴于此，与诗人相表里焉。"中国花鸟画传承千年，写生、寓兴、传神，抵达人与自然的心灵对话。任伯年"学古而变，取洋而化"，开中国花鸟画之新天，徐悲鸿赞其"乃三百年来第一人"。吴昌硕直从书法演画法，自言"书画篆刻，供一炉冶"，主张"奔放处不离法度，精微处照顾气魄"。

《中庸》曰："故君子尊德性而道问学，致广大而尽精微，极高明而道中庸。"周广军书画互参，画花鸟之性，写君子之风，信手拈来，直抒胸臆。观其《凌霜图》，删繁就简，高朗清劲，人竹合一。笔性墨情，君子之风，更如其人。

周华平山水法则

辛丑（2021）冬月，长沙大雪。

一千年前，宋迪画《潇湘八景图》。“潇湘八景”中唯一冬景——“江天暮雪”位于今长沙橘子洲，“岁晏江空，风严冰结”，写意湖南清绝地，万古一长嗟。

“际以天宇之虚碧，杂以烟霞之吞吐。”《潇湘八景图》作为一种绘画图式和山水法则流传广远，其淡远、空濛、平和、幽雅、澄明、诗意，成为永恒的审美意象和山水主题。

周华平，湖南新化人，现为湖南省画院专职画家、山水画工作室主任。其近作《云水风流》《绿野平畴》《圣地韶山》《王村印象》《云泉远眺》《崀山》《湘西写生》，皆湘山楚水，水墨氤氲，气韵生动，一派天然。

山水，中国人的精神图腾和心灵家园。

因此，周华平作品中的村庄、树木、山峦、云气，映照出独特的生命意识和山水法则，折射出诗意的灼灼光华。

宋人郭熙《林泉高致·画意》论曰：“更如前人言，诗是无形画，画是有形诗，哲人多谈此言，吾人所师。”

“晓色朦朦起秋烟，空将水墨向素笺。青山漠漠无觅处，澹澹江声在客船。”周华平这首《步何师叔重访萍岛诗韵》

周华平作品《山歌袅袅那云边》

传承“潇湘八景”画意诗情，正是其山水法则的诗意释读。亦如他在《地域文化与中国山水画》一文中所言，中国山水画自始以来就是以山川自然作为审美和描绘的对象，千百年来，“外师造化，中得心源”一直是画家遵循的山水画法则。

元代汤垕《画鉴》曰：“山水之为物……自非胸中丘壑，汪洋如万顷波者，未易摹写。”周华平以湘山楚水为师，丘壑内营，淬炼属于自我的山水画法则。

萧剑之见

——萧剑艺术之道述评

1892 年，知新宁县事、山西汾阳人张进葆为《新宁县志》作《叙》：“山川雄秀之气磅礴郁积，数千年而一发其英，惟豪杰不世出之士，始能厚钟其气，以任天下艰巨。新宁在万山之中，风俗安敦，气质朴茂。”

一方水土养一方人。

1964 年，萧剑生于新宁县，自幼喜书画，现为湖南省文史研究馆特约研究员、湖南省美术家协会主席团委员、湖南省花鸟画家协会主席，气质朴茂，艺道互见，见性、见法、见道，不断砥砺自我艺术之道。

见性：“画虽一艺，道通心性”

南齐谢赫的《古画品录》中提出了著名的美学命题“六法论”：气韵生动、骨法用笔、应物象形、随类赋彩、经营位置、传移模写。自此，“六法”成为品鉴绘画艺术之道的准则之一。

“六法论”以“气韵生气”居首，对后世绘画美学思想影响深远。

明代唐志契则进一步予以阐释：“盖气者，有笔气，有墨气，有色气，而又有气势，有气度，有气机，此间即谓之韵。”

1986年，萧剑从轻工业部广州轻专绘画专业毕业。其后，他又在湖南师范大学美术学院完成了本科及研究生的学习。

2006年，萧剑考入中国艺术研究院研究生院，成为中国著名工笔画家、泼绘大家李魁正先生的入室弟子。

2007年7月，萧剑以荷塘为题材创作的《家园系列之七》获“第三届全国中国画展”优秀奖（最高奖）。

李魁正先生主张以全方位的宏观思维及现代审美意识表现花鸟世界，坚持“立中固本”与“融西优化”，强调民族精神与东方气韵。

为此，李魁正先生以《家园系列之七》为例，评析萧剑画面中的整体“气韵”表现：在《家园》系列中，画面中弥漫四散的“雾气”，使得看似密集无序、纷乱扭结的荷塘变成了充满变化的韵律清歌，在纵横交错中浑然一体。“气”作为中国传统文化中的重要美学范畴，萧剑将其变化为浑然幻化、流离莫测的气流和光影。“气”成为流动的画面，弥漫“气流”的营造是萧剑对传统中国美学审美品格、审美境界的延续及对宇宙生命之根本的探求。他在朦胧幻化的世界中用“气”表达自己独特的审美感受，还原内心的绘画语境，寻找自我创作中的灵感源泉，抒发自己深层次的自然宇宙情怀，从而形成了自己艺术作品的高贵品质。

当时，李魁正先生预言萧剑“会在花鸟画的舞台上大有可为”。

2008 年 5 月 20 日，由中国美术家协会、河南省文联共同主办，河南省美术家协会和中国线描艺术研究会承办的“全国首届中国画线描艺术展”在河南省美术馆开幕，萧剑的《欣欣向荣》荣获“全国首届中国画线描艺术展”优秀奖(最高奖）。

时任中国美协分党组书记、常务副主席吴长江在《全国首届中国画线描艺术展作品集》的代前言《探索传统线描艺术的造型与表现力》一文中，高度评价为“这次展览的形式不仅是史无前例的，而且也是一次非常具有学术研讨价值和有重要历史意义的展览”。文章又特别指出，举办全国线描艺术大展的设想是中央民族大学教授李魁正先生早在 1993 年就提出来的，并得到了中国美协艺委会的支持。虽然在当时未能促成，但这一动议已经逐步深入以李魁正先生为代表的学术团队内心，具有现代表现意识的线描作品开始陆续推出。

中国画用线的历史久远，文脉绵长。

宗白华《美学散步·论素描》中写道：“中国的素描——线描与水墨——本为唐宋绘画的伟大创造，光彩灿烂，照耀百世，然宋元以后逐渐流为僵化的定型。绘艺衰落，自不待言。”

李魁正先生对此更是大声疾呼：“只有通过大胆实验来探索线的艺术表现维度，将表现语言的革新探索推至一个时代的高峰，才可能迎来一个真正的中华民族艺术走出去的盛世，这标志着我们这一代艺术家使命的归宿。”

2010年，萧剑的《觅》入选“春光美”全国工笔花鸟画名家邀请展，其《雨露》荣获全国第二届线描艺术展优秀奖（最高奖）。

独立、自信、浪漫、开放……一个由此而生的艺术特展，串联起一个独特的艺术家群体。他们在艺术领域独领风骚，成就斐然；年龄不同，风格迥异，是东方气象的精神血脉使他们走到一起——东方气象艺术展（2010年·长沙）《前言》以“独立、自信、浪漫、开放”为“东方气象”点睛。

东方气象艺术展（2010年·长沙）荟萃了黄苗子、吴冠中、罗尔纯、黄铁山、李付元、任景钦、柯桐枝、王怀庆、朱训德、萧剑等10位艺术家，萧剑以《季风》《门盈一塘秋》《家园系列之七》《欣欣向荣》《荷塘清韵》5幅作品参展，展示了其“气韵”与“线描”的自我气象。

这种自我气象更多是来源于萧剑对色彩的独到领悟。他在中国美术馆参观一次油画展时，偶然从众多色彩中发现了最简单的色彩——灰色调，他把这种灰色成功运用到他的系列作品中，以“至简”而见“大道”，抵达“玄之又玄，众妙之门”。

2023年4月14日，湖南省花鸟画家协会第四次代表大会在长沙举行，萧剑当选为湖南省花鸟画家协会第四届主席团主席。

2024年3月15日，由深圳市文学艺术界联合会、衡阳市文化旅游广电体育局、湖南省花鸟画家协会、深圳市美术家协会共同主办的“心花绽放——湖南当代花鸟画展”在深圳市祥山艺术馆展出。

萧剑在接受中央数字电视书画频道采访时强调，“心花怒放”这个展是在去年 11 月份湖南衡阳市美术馆举办的湖南省第五届花鸟画大展作品中精选出来的一个精品展。他感慨不已：“现在花鸟画创作要想有所突破很难，难，就难在前人所创造的程式化体系早已登峰造极，从黄家富贵、徐家野逸到青藤、八大、苦瓜、老缶……像一座座高峰矗立在我们面前，难以逾越。但在信息多元、影像多元的当下，势必给当代中国花鸟画创作带来创作思维方式的转变和形式语言构成新的探索。我们臻选作品来深圳续展，其目的就在于此。”

从某种意义上来说，萧剑无疑是“我们这一代艺术家使命”的担当者。

见法：“能者自得，无一成法”

唐代张彦远的《历代名画记》论曰：“夫象物必在于形似，形似须全其骨气。骨气形似皆本于立意，而归乎用笔，故工画者多善书。”

萧剑早年学书，师法颜真卿《东方朔画像赞》《麻姑山仙坛记》，得其气势朴健、庄严雄秀，又参以《爨宝子碑》，取其端重古朴。

2002 年，萧剑有缘结识时任湖南省书法家协会创作委员会主任张锡良老师，并拜其为师专业学习书法，经先生指点，结合自己绘画特点研习小楷，专注钟繇、文征明、王宠、黄道周，又潜心专注黄宾虹《草书千字文》，心追手摹，书画并茂，以为日课。

黄宾虹乃一代巨匠，诗书画印皆精，曾以独到的立场和视野阐发“书画同源”之道：“吾尝以山水作字，而以字作画”“每日趁早晨用粗麻纸练习笔力，作草以求舒和之致，运之画中，已二十年未间断之”。

诗圣杜甫在《观公孙大娘弟子舞剑器行》中大赞草圣张旭“善草书书帖，数尝于邺县见公孙大娘舞西河剑器，自此草书长进”。

宋代郭若虚《图画见闻志》载画圣吴道子作画时请裴将军舞剑一曲，“于是援毫图壁，飒然风起，为天下之壮观。道子平生绘事，得意无出于此。”

夫画，犹书也。

宗白华先生在《中国艺术的意境》里赞叹：“舞”是中国一切艺术境界的典型。中国的书法、画法都趋向飞舞。

因此，萧剑专注于黄宾虹《草书千字文》，旨在“运之于画”，其山水亦求“舒和之致”。

2001 年，中国文联书画中心培训部选发创研班 10 位画家的优秀作品，出版《中国文联山水画创研班专辑》，萧剑位列其间。其作品《山映小屋静》《日暮苍山远》《崀山脚下》《标》取法宋人，笔力浑厚，与山传神，荡胸生云，壮气夺人。

在《萧剑山水画作品集》封面上，李魁正书“荡胸生云”以赠。萧剑在作品集中“自画自说”，深情告白：画画的时候我总是觉得自己就是一座山、一条河、一叶舟、一棵树、一株草或是云雾中的一只鸟，在思绪万千里、在千岩万壑中进行着神游般的体验，在画面的某一处驻足，在画里与读者一起对话、一起共鸣。我时常不计较自己生活中的得失，却时时计较自己与大自然相识、相知、相融的程度。我想，只有具备了大山般的深沉、浑厚，大水般的豪放、豁达，才会进入师父李魁正先生给我题的“荡胸生云”的创作境界，作品才不仅仅是一幅画的意义。所以，我也必须常怀“卜居终南太华”之心襟。

创新是文艺的生命。

中国美术家协会副主席李翔一直强调“新语境、新创作”：当下文化语境中，对于架上绘画的美术创作，一定是坚持直面自然和现实生活，坚持在创新中汲取传统营养，汲取西画的积极因素，始终以自己的眼睛去观察大自然，以自己的心灵与自然交流，用自己语言去表现世界，去表现时代的步伐和人民的生活境况，这是弥足珍贵的当下艺术品质。

李翔先生对“新语境、新创作”的张扬也深刻影响了萧剑。

“萧剑是我高研班的优秀学员，在研修学习和写生创作中能看出他较强的造型能力，绘画的创作路子比较宽，山水、花鸟、人物都有涉及，并画得比较扎实，既现代又有传统，并能站在中西文化交融的制高点上来省视当下中国画创作的发展，能清醒地认识中国绘画发展的历史趋势和规律。他的没骨工笔画画面灵活生动，既有传统又很当代，有光有色更具西画韵味；山水画淋漓氤氲中见厚重，空灵飘渺中见质感，很有南方地方特点，笔墨中无不蕴含着生命之气，可居，可游，可赏是自然内在生命的生生不息的生动展现，他能做到这点我很欣慰。我对他寄予希望，并期待他有更多佳作呈现。”李翔先生曾专门撰文表示称赞。

萧剑有感而发：“在历代众多的山水画大师中，我特别崇拜范宽。我喜欢有感而发、直抒胸襟的作品。所以，我的作品也一定是有感而发。”

萧剑以作品对话读者，《罗霄山之晨》《神韵湘西》《泰山日出》《紫气东来》《家家都在画屏中》《家山尽朝晖》《吾家山廓尽朝晖》《迎得春光映朝霞》《夷江秋色》……山水立象与读者会意共鸣共情。

宋代郭熙《林泉高致》以书道论画道，张扬传承与创新之道：“人之学画，无异学书。今取钟、王、虞、柳，久必入其仿佛。至于大人达士，不局于一家，必兼收并览，广议博考，以使我自成一家，然后为得。”

“华夏民族之文化，历数千载之演进，造极于赵宋之世。”历史学家陈寅恪先生如是说。

郭熙是北宋画院中最重要的山水画大师之一。薛晔的《郭熙绘画美学思想浅谈》一文认为，郭熙在画院的主要活动年代当是神宗朝的熙宁初年（1068）到元丰五年（1082），这一时期不仅是山水画发展的黄金时代，也是北宋历史上一个具有划时代意义的变革时期，王安石变法、苏氏父子、欧阳修等人的古文运动，宋代三大发明，赵昌、易元吉、崔白等人的花鸟画改革，李伯时的人物画新风格，文人画产生等等都出现在这一时期。郭熙就处在这样一个伟大的时代里，他的山水画理论和实践具有继往开来的重要意义。

北宋《宣和画谱》“卷十六·花鸟四”载：赵昌之作“则不取其形似，直与花传神者也”；易元吉“于是遂游于荆湖间，搜奇访古，名山大川每遇胜丽佳处，辄留其意，几与猿狖鹿豕同游，故心传目击之妙，一写于毫端间，则是世俗之所不得窥其藩也”；崔白“尤长于写生”“祖宗以来，图画院之较艺者，必以黄筌父子笔法为程式，自白及吴元瑜出，其格遂变”。

正是赵昌、崔白、易元吉等人的出现，高举写生精神，推动了北宋院体花鸟画的革新和演变。

2010 年 6 月 7 日至 14 日，萧剑陪同他的花鸟画老师柯桐枝先生赴云南昆明、大理、丽江、香格里拉等地写生采风。

2010 年 7 月 9 日，《家庭导报》“艺苑”整版刊发萧剑的《随柯桐枝老师写生感悟——我的艺术创作心迹》。此文后来被收录于《柯桐枝艺术人生文集》（天津人民美术出版社）。

萧剑自称“这是我绘画写生中最难忘的一次，也是感触最深的一次”，他“如是我闻”，谛听老师现场的教诲：“作为一个画家，特别是有造诣、善于创作的画家，大自然是最好的老师，要想使自己的作品在艺术生涯中富有生命力，在全国美展中具有竞争力，面对欣赏者具有吸引力，就必须以大自然为师，经常亲近自然，到自然中去吸收营养，以丰富自己的创作构思和对画面的把握能力，这是常理，也是定理。”

最后，落到实处是要在前人的理论基础上和在柯老师的教诲中用于实践。在对象写生、对象抒情、对意造境，坚持物为画之本的基础上投入自然、拥抱自然、感受自然、理解自然、忠于自然到主宰自然、超越自然、创造自然，从而确立意为画之神的境地，达到“于墨海中先立精神，笔锋下诀出生活，尺幅上换毛骨，混沌里放出光明”的精神境界——这不仅是萧剑对自我艺术创作心迹的深度观照，也是其对自我艺术理想的真情宣示。

线描是绘画的基本要素之一。

李魁正先生强调，线描（白描）一直是中国画主要的造型表现手法，具备表现形体、质感、光色、情意的功能。我们应该在传承中国画传统白描艺术的基础上推动当代线描艺术的发展，也应该吸收世界各国古代和现代线描艺术的优长，创造符合新时代民族精神和审美需求的线描艺术。为此，他在教学中倡导将“意象写实”的线描手法运用到大自然和社会生活中写生的理念。

2011 年 7 月，中国工笔画学会高研班在天德生态园开班，主导导师李魁正先生亲邀萧剑担任其教学团队助教。

2012 年 6 月，天津人民美术出版社出版《夏华秋实——中国工笔画学会 2011 高研班教学成果汇报暨师生作品集》，李魁正主编并作序。

李魁正先生在序言（一）中直指人心：“绘画有如修道，学习中国画是修炼艺道”“我们的教学是立足为同学们铺设一个真正修炼艺道的平台，而非完成一两幅所谓像样的参展作品的应急平台。这个平台是一个正统的、多方位的、开放式的思维理念的平台。这个平台是一个具有民族传承、科学、现代绘画的结构平台。这个平台是一个认知中国工笔画法理之正道，解惑见性的学艺平台。”序言（二）是李魁正先生的《工笔画六大教学课程述要》。

萧剑以团队助教视角，精心撰写了《一个思维宏观、正统多元、开放务实的教学平台》一文并在《夏华秋实——中国工笔画学会 2011 高研班教学成果汇报暨师生作品集》中刊发。

在这篇近万言的文章中，萧剑对高研班的教学工作进行了精准的梳理——这个平台包括两个重要基础：一个是中国画的传统功夫，即写形传神理法，其中包括线描、凹凸、着色、构图、笔墨、诗文、书法、篆刻等；另一个是现代绘画基本功，包括素描、色彩和构成。根据本届高研班的学习时间，先生科学地安排了六个单元紧凑有序的课程学习计划，即线意造型、凹凸理法、图式设计、色彩构成、没骨理法、创作实践。萧剑在文中针对李魁正先生提出的“锤炼心性、立意为先、境界为上、营造气场、笔墨符号、形式构成、光色效应、表现特色”32 字方针阐发自己的体悟，更加坚定了“一个成功的画家必然有自己独特的表现特色和艺术语言”的美学信念。

2013 年 1 月，陈白一先生以《根植传统，锐意出新》为题为《萧剑画集》撰写序言。他从萧剑的作品里可以明显地看到传统工笔画中具象的写实性、书法的抽象性与现代装饰绘画的统一，作品融入了西方绘画和现代平面构成意识，改进了传统的讲求秩序与格律的程式，而现代的平面构成和色彩构成又来源于工艺设计意识，重理性、重感知、重视觉张力、重艺术效果，它的优点是提炼和强调了对象的个性化，而减弱了书法的抽象性，这与传统工笔画装饰因素的格律化相融合，有效地把这种意识与传统的“意在笔先”“意匠经营”统一起来，在充满感受、充满灵性的意象造型中，自觉地在写实与装饰的结合中强化了线面关系与色彩关系的特点，去粗存精地突出了视觉冲击力和情感秩序的因素。从而以新的面貌丰富和发展了传统工笔画的语言。难能可贵。

陈白一先生是当代湖南工笔画的奠基人和开拓者、中国工笔画创新的集大成者，开创了新中国工笔画的新式样。

毋庸置疑，陈白一先生的肯定赋予萧剑更多的思辨。

在《浅谈学习中国花鸟画的“通”与“变”》一文中，萧剑对这种思辨进行解读：“师古”才能有“通”，“师古”才能有“变”，那么，如何“师古”就成为一个极其重要的问题。一、“师古”不能泥古不化；二、“师古”不能薄古厚今；三、“师古”必须“师古”而化；四、“师古”是必需的，如何“师古”则至关重要，“师什么”是关键。

南宋邓椿《画继》直言：“画者，文之极也。”又说，“其为人也多文，虽有不晓画者寡矣；其为人也无文，虽有晓画者寡矣。”

“以文思画，多思必得”——萧剑以此语为闲章，常钤于画上以自勉。

他以文法通画法，“心向朴素”，坚信“画家的艺术观点和表现技法应该是和自己的心性、气度、经历相吻合的”，因为“绘画作品，首先是‘气息’要正。作品是自然与心灵感应的写照，是有自己‘味道’的。而‘味道’各异，酸、甜、苦、辣各有所爱，没有高低只有纯正。‘味道’是要让欣赏者去嚼，去品，才能体会出它的甘甜，从而得到赏心悦目的快感，故所谓‘味道’好，有味道。我的作品是自然的、朴素的‘味道’。”

2024 年 1 月，《中华书画家》杂志推出萧剑作品专版。萧剑在文章中强调写生即“外师造化”，坦言“写生之道非易”，认为中国画传统写生有四个要点：一是遵循“徘徊凝览，默与神遇”的写生之道。二是强调对自然对象要大胆“剪裁”。三是对景创造，面对真景要加以概括、取舍、加工和改造。四是粗记与细记相结合。从而抵达“向纸三日，白纸青天一挥而就”的境界。

见道：“画以人重，艺由道崇”

北宋郭若虚在《图画见闻志》中娓娓道来：“六法精论，万古不移。然而骨法用笔以下五法可学，如其气韵，必在生知，固不可以巧密得，复不可以岁月到，默契神会，不知然而然也。人品既已高矣，气韵不得不高；气韵即已高矣，生动不得不至。”

人品即画品。

爱花如爱人。

林风眠先生有一段妙论："画花的人，应当比别人爱花、惜花。只有这样，画起花来才有感情，才能画好花。"

萧剑爱荷，也爱向日葵。

萧剑与荷有缘，他的出生地就名金石镇藕塘村。于是，"三十艺事征途，大江南北，春夏秋冬，问莲于池沼湖塘，腕具千顷翠碧，胸蕴万般姿色，积稿数千帧，化梦为图，敢为众目求教之欣，释解心中夙愿"。

从《荷缘》到《品荷、读荷、画荷》《我的荷塘梦》……萧剑以荷为鉴，人荷合一："荷花是祥和生活的象征。荷花是那么的淡雅高贵，却没有一丝的骄傲自矜和趾高气昂；最值得赞美的地方还不在于她的光彩夺目的容貌，而在于她那坦荡的胸怀和出淤泥而不染的精神；她既给人以精神的鼓励，又给人以灵魂上的透视和思想上的启迪，让每个见到她的人都能够产生一种洁身自好不同流合污的高尚境界。"

2005 年 4 月，萧剑在湖南省首届花鸟画展中获得金奖的作品《金秋》，画的是向日葵。

2007 年 1 月 13 日，萧剑"向日葵世界"个展在长沙三亩地美术馆拉开帷幕。

朱训德先生为萧剑向日葵画展撰写序言："萧剑画向日葵，一画好多年，画出了一批极有品位的作品，而且画出了一个表现向日葵的专题画展来。这在画坛是不多见的。我想没有一份定力，没有一份执着的精神，没有一份赤诚的艺术热情是不可能的。其实在我看来，向日葵的可爱之处既有其

萧剑《秋实》获湖南首届花鸟大展金奖

灿烂的一面，也有其质朴憨厚的一面。艺术，应该追求的是朴素的高贵。”

黄铁山先生顶着寒风，冒着冷雨专程到现场看展，就题材、画面、色彩、学习方向等方面给予评点。他勉励萧剑“为我们湖南的美术界做出点成绩来，也为自己成才做努力”。

2008 年，萧剑以向日葵题材的工笔画作品《金杯承露》跻身全国中国画展。

2013 年，美术史学家、美术评论家薛永年发表《立于前人之外——李魁正花鸟画观后》一文，文章指出，“没骨画”作为一种花鸟画样式，特别是不事勾勒，纯以彩色图之，在北宋创始后，渐朝两个方面发展，一是逸笔没骨，明代孙龙最为卓越；二是工笔没骨，清初恽格堪为代表。前者发展的色彩点厾技法，后来化入水墨点色的写意画中；后者以薄染轻晕为手段，随着宫廷化而流于公式，日渐衰微。李魁正和他的同道推出的现代没骨，虽渊源于工笔没骨与逸笔没骨，但丰富了色相，加强了统调，增加了光感，以新工笔花鸟画中层层渍染、冲染、接染、点笔、撞水、用粉、喷流等新技法、新语言技巧，使光色形韵进一步从双钩墨线中解放出来，在造境抒情上取得了优雅自然的效果。

萧剑于“李魁正通过线的隐没和光色的发挥，更新了花鸟画视觉观念，重建工笔花鸟画的艺术语言，为表现不同于前人的精神境界开辟了前景”之上一以贯之，坚持“以中国传统的阴阳向背观为理念，以墨或色的明度（深浅、明暗）表示物象凹陷或凸起的结构变化”，矢志“开没骨画之新貌”，构建“浮雕式工笔画”的新范式。

2023 年 10 月，中央美术学院出版社出版中国高等艺术院校教学范本《萧剑国画作品》，共收录《佛光》《无尘》《争晖》《莲升》《荷塘诗韵》《家园系列》《门盈一塘秋》《荷塘清韵》《吐艳》等画荷作品 21 幅，《季风》《金杯承露》等画向日葵作品 2 幅，以及《秋趣》《酣》《韵》《绿水青山》等作品 5 幅，折射出萧剑在构建“浮雕式没骨工笔画”新范式上所开生面。

萧剑深知“绘画作品是一面镜子，每个人从镜子里所看到的都不是另一个人，而是照镜子的自己，我喜欢画画，喜欢这面映像自己的镜子，我从镜子里看到了自己，看到了他人，看到了过去，看到了时代，看到了追梦的人们，心有万象，天马行空”。

“美”是学养、修养、涵养，“术”是用功的程度、经验、方法——从某种意义上来说，这正是萧剑关于艺术之道的自我解读。

文光照大千

——郭文光述评

后皇嘉树，橘徕服兮。

受命不迁，生南国兮。

深固难徙，更壹志兮。

丙寅（2022）端午，湖南省美术家协会主席团成员、长沙画院院长郭文光敬绘《屈原像》，并书屈原《橘颂》为题跋。

屈原咏橘抒志，写意湖湘文化的精神图腾，鼎立中国文人的人格坐标。

一代大家傅抱石追慕屈原，多次创作屈原题材的作品。其人物画宗法东晋顾恺之、明代陈老莲，将山水画技法融合人物画之中，深得传神之妙。

时人评曰：“吾国人物画法，式微已久。傅兄抱石以雄浑之笔纵横挥洒，振起颓风，求神韵于迹象之外，似无法而有法。”

先贤印心，文脉流光。

郭文光，祖籍湖南常德，1968 年生于湖南祁东，4 岁始学书画，孜孜以求，专一不移。他先后毕业于长沙理工大学艺术学院、中南大学艺术学院，又入中国国家画院范扬工作室、中国艺术研究院杜滋龄人物精英班学习，主攻人物、山水，思辨“范氏体格”的“物以神聚”与“笔厚墨沉”之境，体悟“以形写神”，以书入画，迁想妙得。其十余幅绘画作品成为长沙市大型标志性景观的设计原型，所绘佛陀、菩萨、罗汉面目自立，日臻精妙。

无法而有法，文光照大千。

郭文光画佛陀、菩萨、罗汉皆不起稿，无论尺幅大小，法无定法，直接走笔，笔墨辉映，情景交融，慈悲智慧，妙相庄严，气象广大，富贵圆融。

中国美术家协会理论委员会副主任、中国人民大学佛教艺术研究所所长陈传席赞叹道：“有一次我在福建看过他画画，一张大画，也不起稿。他画人物画，画得很准确也很快，画出来效果也很好，我当时就有‘神乎技哉’的感觉。”

北宋《宣和画谱》“山水叙论”曰：“岳镇川灵，海涵地负，至于造化之神秀，阴阳之明晦，万里之远，可得之于咫尺间，其非胸中自有丘壑，发而见诸形容，未必知此。”

傅抱石特别强调要将“自然丘壑”转变成“胸中丘壑”。他说：“胸中富有丘壑者，确有‘意所未设，笔为之开’之妙境。”

丘壑内营，文气含光。

“江山如画——湘赣历史文化探源”长沙画院采风写生、“南岭伏脉——粤湘美术作品联展”……郭文光引领长沙画院画家从山水出发，元气淋漓，外师造化、中得心源，代山川而言。

郭文光作品《岳麓书院》

胸中有丘壑，文光照大千。

郭文光笃志为真山真水造像，他的《古麓山寺图》《岳麓书院》《长沙天心阁》《南丹山写生》以独到的设计视野，得其真，写其神，呈现蓬勃的笔墨妙境。

2015 年，北京保利十周年春拍“新月雅集——近现代艺术陶瓷”竞拍现场，郭文光创作的湖南醴陵釉下彩瓷板作品《寂照含虚空，却来观世间》最终以 713000 元成交。

千年窑火，文彩重光。

湖南醴陵釉下五彩瓷，一直被誉为“东方陶瓷艺术的高峰”。

寂照含虚空，文光照大千。

作为当代湖南醴陵釉下彩的代表画家，郭文光“誓做佛瓷绘画第一人”。

故宫博物院研究院研究馆员、著名瓷器专家叶佩兰高度评价郭文光佛瓷绘画“真金美玉、瑰丽温润”的艺术语言和独特的收藏价值：郭文光继承传统工艺技法之精髓，瓷上作绘犹如行云流水，挥洒料彩如墨，一气呵成，集书画大成，釉下五彩装饰技法艳丽，线条在瓷胎上如水墨般流畅，填彩配色分水技艺精湛。

中国现代美术第一人、中国意笔人物画现代转型的先觉者陈师曾认为：“中国人物画之变迁，我以为很有研究的价值。研究愈深，兴味愈浓。人物画在绘事中最为发达，因其关联人事最为密切。”

画以化人，文运和光。

从 20 世纪 90 年代开始，郭文光就倾心于释道神仙画、中堂画、雅集、行乐图等中国人物画的收藏，并着手筹建中国传统人物画博物馆。

“传统人物画是一个艺术宝库，包罗万象，其线描、着色、形象塑造等都值得深入研究，同时包含了丰富多彩的民俗民间文化以及社会生活，为现代人研究历史提供了直观生动的资料。”郭文光如是说。

大哉观自在，文光照大千。

2023 年 4 月 22 日，荟萃四千余幅中国人物画，数万件古代石木雕、古钱币等艺术珍品，凝聚着郭文光、郭家誉两代人心血的长沙市大观仓艺术博物馆正式对外开放。

湖南博物院和长沙市大观仓艺术博物馆已合作推出“齐家——明清以来人物画中的家族生活与信仰”“众流归

海——明清时期的人物图像与文化融合”“无限佳丽——明清人物画中的文学与女性形象”“金石慈悲——历代佛造像艺术”等高质量展览，影响深广。

清人笪重光在《画筌》中论书与画与人：“故点画清真，画法原通于书法。风神超逸，绘心复合于文心。”

郭文光书法自颜真卿筑基，于《麻姑山仙坛记》最为用心，积数十年之功，其书法风格丰厚净朴，茂密挺拔，饱满丰赡。因擅书，故其所作人物、山水多有题跋，长则数百言，洋洋洒洒，游刃有余，并能得意于绳墨之外，卓然立帜，自出新机。

书以载道，文心弘光。

2023 年 12 月 10 日，“潇湘松风”湘粤桂名家写生活动暨“江山如画”长沙画院陶瓷美术作品展在长沙市大观仓博物馆举行。

书画本来同，文光照大千。

郭文光以巨画《壁立千仞、万壑松涛》参展，画上题跋是国学大师钱基博《近百年湖南学风》“导言”开篇的二百余字。“湛深古学而能自辟蹊径，不为古学所囿。义以淑群，行必厉己，以开一代之风气”——钱基博之论，不仅为“潇湘松风”点睛，更为郭文光“文光照大千”之写照。

李瑞心游阁记

癸卯（2023）春，万物生。

长沙画院副院长李瑞于画室心游阁作《紫绶春光》，生机勃发，一派天然。

李瑞自幼学书画，精研花鸟，近年师从吴悦石先生，以心印心，技道并进。吴公赞李瑞的花鸟画“得自于心胸”，并亲题“心游阁”以赠。

心游而游心。

物化而化物。

道合而合道。

阁名“心游”，意在观心无我，游于物外，画以载道。花鸟鱼虫，道通为一。李瑞在写生与传神中游刃有余，笔笔于心。

李瑞喜画向日葵，梵高一般的热烈、渴望、激情，墨彩兼施，工写互鉴，人花合一，折射出李瑞对西方美学的淬炼和对东方传统的勇敢突破。

李瑞坚守传统，又勇于突破传统，以融汇西方美学的笔墨语言，致力于构建属于自己的中国花鸟画新图式。徐里先生如是说。

李瑞作品

李瑞在创作谈《心游阁·墨语》中予以阐发：我读大学时学的是设计专业，我思考以西方绘画的光影质感，赋能花鸟画图式，追求繁复而规则、绚丽而素净的自我面目。

因此，李瑞工笔花鸟浸淫宋人，创新图式，精于布色，绚烂饱满，富丽丰赡；写意花鸟融会吴昌硕、齐白石诸家，夺造化而移精神，自出炉冶，气畅意厚；皆“得之于心而应之于手”。

夫画者，从于心者也。

心游万物，心手相应，随手写出，当为传神。

是为记。

李瑞“点睛”

吾曾作《李瑞心游阁记》，为李瑞“在写生与传神中游刃有余，笔笔于心”点赞。

写生与传神。

心游而志道。

湖南省花鸟画家协会副主席、长沙画院副院长李瑞深研花鸟画之道，于“徐(熙)黄(筌)异体”中更得“黄家富贵”，用笔精工，设色富丽。

黄筌，中国花鸟画千年宗师。北宋沈括《梦溪笔谈》论曰：“诸黄画花，妙在赋色，用笔极新细，殆不见墨迹，但以轻色染成，谓之写生。”宋代赵佶、元代王渊、明代吕纪、清代沈铨……一脉相承，历久弥新。

南宋邓椿《画继》高度评价赵佶画画之妙：“多以生漆点睛，隐然豆许，高出纸素，几欲活动，众史莫能也。”

今观李瑞近作，于赵佶点睛之妙颇有会心，其《节节高》中的火鸡、《早春》中的斑鸠、《富贵图》中的蝴蝶、《多福图》中的喜鹊、《年年有余》中的鲤鱼、《山珍》中的麻雀、《盼》中的黄鹂皆顾盼有致，跃然纸上，堪称“点睛之笔”。

清代画家松年论画，强调：“必须以名贤妙迹立根本，然后细心体会真花之聚精会神处，得之于心，施之于手，自与凡众不同。”

得之于心，施之于手——李瑞“点睛”正源于此，也印证了李瑞孜孜以求的自我突破。

这种自我突破无疑来源于李瑞的个人抱负和人文自觉，他旨在用新的视野抵达新的艺术世界。

“看，用眼睛看世界是画家的童子功。这‘看’，不止于客观地看，是带着感情色彩的主观观察，具偏激性。人们都看到客观物象的存在，都看到各式各样的孤立的个体物象，但印象派画家却着眼于观察物象与物象间的相互关系，从此彻底改变了绘画的方式方法，致力于整体印象美感的追求。”吴冠中如是说。

吴冠中创作的唯一一幅画猫的作品《眼》，成为他最重要的作品之一。吴冠中自言：“在这只猫的眼睛里，他已经看穿了一切。”

徐里在为《李瑞画集》作序时一语中的：“李瑞坚守传统，又勇于突破传统，以融会西方美学的笔墨语言，致力于构建属于自己的中国花鸟画新图式。”

从这种意义上来说，李瑞也致力于让笔下的禽鸟、虫鱼“看穿了一切”，让图式因此成为物象与心象。

正是秋分，万物已成。

李瑞心手合一，物我相契，矢志为万物“点睛”。

2024 年 9 月 22 日（秋分）于长沙城北

画以载德

——肖德荣艺术与人生之道

公元805年，韩愈游南岳，赞曰："五岳于中州，衡山最远。南方之山，巍然高而大者以百数，独衡为宗。最远而独为宗，其神必灵。"

韩愈"文起八代之衰"，主张"文以载道"。

文以载道，画以载德。中南林业科技大学家具与艺术设计学院副教授、研究生导师、博士，中南林业科技大学艺术研究院院长，长沙市美术家协会中国画艺术委员会主任肖德荣如是说。

画以载德，正是肖德荣艺术与人生之道的源流、见证与映像。

源流：山仁水智，心手合一

"家在洞庭衡岳间"——陈少梅印语。陈少梅与张大千、溥儒、金北楼被画史合称为"民国四大家"。

陈少梅祖籍南岳衡山，承衡岳之灵，22岁成为津门画坛领袖。他上承马远、夏圭、郭熙，兼师周臣、唐寅、仇英，形成了清逸淡雅、寓柔秀于阳刚的画风，被誉为“唐寅以后第一人”。

肖德荣私淑陈少梅，临古摹今，潜心衡岳，师古而不泥古，精研宋人马远斧劈皴和夏圭拖泥带水皴，元代王蒙解索皴和渴墨苔点，以及唐寅雄伟险峻而笔墨细秀的风格。他的《衡岳深山藏古寺》《南岳钟声云外寺》《白云深处是吾乡》在意境、笔墨、章法上逐步脱去古人成法，并以新锐的设计艺术灵感，化成以细密秀雅为主调的艺术语言，致力于探索出恬淡、宁静、含蓄、和谐统一的笔墨气象。

先贤过化，南岳正脉。

南朝画家宗炳“眷恋庐、衡”，他在《画山水序》中写道：“圣人含道映物，贤者澄怀味象。至于山水，质有而趣灵……夫圣人以神法道而贤者通，山水以形媚道而仁者乐。”

《画山水序》是我国绘画史上第一篇关于山水画的论文。宗炳认为，山水之美在于山水之灵，山水画既是画家人格、意趣与神思的自我写照，又给人一种“仁、智”之乐的精神涵养。其审美意趣与儒家“仁者乐山，智者乐水”一脉相承。

山仁水智，心手合一。

品肖德荣山水意境，合于“中庸”，达于“自然”。《穿越》《秋高年丰》《源远流长》《家乡情韵》日臻静穆、含蓄、玄远、中和之境，矢志抵达宗白华所推崇的“最高灵境的启示”。

观肖德荣山水用笔，清润、隽永、雄逸、内敛，《衡岳

肖德荣作品

禅钟云外寺》《旭光兆福》《卧虎潜龙　宝地生金》既有李成“ 毫锋颖脱、石如云动”之趣，又有范宽“峰峦浑厚、笔力老健”之奇。

赏肖德荣山水墨色，坚守宋代山水画清淡、素雅的审美取向，着重淡色与墨的融合。《江山多胜迹》《山村春早人归晚》《潇湘》深得董源“峰峦出没，云雾显晦，不装巧趣，皆得天趣”之妙。

见证：湘水长流，文脉不息

肖德荣，湖南祁东人，自幼酷爱书画，时与其兄肖广荣到离家不远的湘江之畔浯溪登临揽胜，学习观摩，心追先贤，流连忘返。

唐刻颜真卿《大唐中兴颂》碑因文奇、字奇、石奇，被誉为浯溪“三绝”。欧阳修曰：“颜公书如忠臣烈士，道德君子，其端严尊重，人初见而畏之，然愈久而愈可爱也。”颜真卿正大、朴拙的书风与忠烈、高尚的品格，成为艺术美与人格美完美结合的典例。

湘水长流，文脉不息。

从某种意义上来说，就是在这样的道德滋养和艺术熏陶中，肖德荣开始了对“画以载德”的上下求索。

1990年，肖德荣考入湖南师大美术系（今湖南师范大学美术学院），受教于曾晓浒先生。学院“怀文抱质，厚德载物”的人文理想赋予大学时代的肖德荣更加高远的文化自觉和使命担当。

湖南师大美术学院教授曾进在《灵动苍拙 情真“艺”切——品味肖德荣国画作品》中写道：肖德荣就读湖南师范大学美术系时是我父亲曾晓浒的学生，我父亲是岭南派大师关山月的传人，他的山水画深受岭南派影响且形成了自己的风格。肖德荣的国画学习了我父亲的风格，他还把西方绘画与摄影中的光色有机地运用到传统的中国画创作之中，使作品充满了浓郁的色彩感和光感，带给人别样的愉悦的视觉审美感受。

因此，肖德荣坚守曾晓浒先生提出的景真、情真、笔墨真的艺术主张，孜孜以求。他的作品日益凸显出“曾家山水”状物精微又意境苍润的独特风格。

映像：以山为德，以水为性

李可染矢志“为祖国山河立传”，致力于“中国画的改造”。他说：“什么是创作源泉，古人说是造化，我们现在应当更进一步地说是生活。必须以最大的努力根据新的生活内容，来创造群众需要的新的表现形式，创造新的民族作风。”

作为湖南省“湘西特聘扶贫专家”，肖德荣坚持“画从生活出”，常年到湘西花垣、永顺、保靖、凤凰、龙山等地采风调研，亲历了从打赢脱贫攻坚战到全面推进乡村振兴的辉煌历程，见证了彪炳史册的人间奇迹。他以写生“阅读风景”，在写生中“向自然学习，发现自然存在之美”，以笔墨为湖南山水立传，为新时代立传，为人民立传，创作的《侗家处处飞歌声》入选第二届“湖南·中国画双年展”，被湖南美术馆收藏。

侗族人民能歌善舞，侗族建筑特色鲜明。肖德荣《侗家处处飞歌声》以山水笔法，全新诠释湘西侗寨的文化场域，高高的鼓楼、层层的民居、清清的河流、长长的风雨桥……跃然纸上，浑然一体。

江山多娇，大地飞歌。

湘西，湖南脱贫攻坚的主战场。党的十八大以来，湖南人民坚决担当精准扶贫首倡地的政治责任，集中力量打赢了脱贫攻坚战，描绘出中国减贫史上具有标志性意义的历史画卷。

肖德荣说，每次到湘西扶贫采风，湘西的山乡巨变、民族风情、历史人文、自然地理令我激动不已，也让我更深刻地体味到“画山水实际上是一种人生修炼”这句话的分量。

为此，肖德荣利用扶贫空隙收集素材，精心构思，成竹在胸，又创作了山水画《振兴序曲》和《故园幽梦》。《振兴序曲》一气呵成，将传统湘西山寨与现代化高铁融为一体，营造出强烈的审美对比，作品入选“第二届全国美术教育教师作品展”并获奖。《故园幽梦》入选“国展”（南岳衡山首届全国中国画双年展），作品以独到的设计图式和笔墨语言，再次折射出肖德荣的美学追求和艺术理想。水墨与彩墨交相辉映，“故园”的共情与“幽梦”的氤氲水乳交融，独特的空间对比，高度的线条张力，《故园幽梦》以山水“质有而趣灵”的哲学思辨，呈现家山的变迁、时代的变革、心灵的变奏。

山水，原本就是中国人的心灵映像。

以山为德，以水为性。

千秋永立的高山流水，映照出中国文化最本源的质感。

黄宾虹言：“山水画乃写自然之性，亦写吾人之心。”肖德荣笔墨中所蕴含的人格襟抱、文化修养、艺术才情让人如闻禅机、耳目一新。其水墨山水、设计创意和研究课题多次在国内参展、获奖。

厚德尚艺，求是拓新——肖德荣提出的中南林业科技大学艺术研究院院训，亦成为肖德荣“画以载德”的哲学注解和生命写照。

——此文原载 2024 年 9 月《文艺生活 · 艺术中国》

山水写离骚

——评曾贵斌山水

一位诗人说，蓝墨水的上游是汨罗江。

汨罗江分南北两支，南支汨水，北支罗水，至湖南省汨罗市屈潭汇合，称汨罗江。

北魏郦道元《水经注》“湘江”载“屈潭”：“屈原怀沙，自沉于此，故渊潭以屈为名。昔贾谊、史迁皆尝径此，弭楫江波，投吊于渊。”

文脉千秋贯，屈贾兮汨罗。

潇湘万古流，山水兮离骚。

清人沈宗骞潜心学画三十年，著《芥舟学画编》论曰：“天地之气，名以方殊，而人亦因之。南方山水蕴藉而萦纡，人生其间得气正者，为温润和雅。”

“吾观天地间，万古常周流。”

山水，天地之大物。

画山水，当养天地之正气。

湖南省潇湘书画院副院长、湖南省美协美术新文艺群体联络委员会秘书长、长沙市美协新文艺群体艺委会主任、长沙画院画家曾贵斌生于汨罗江畔，自幼嗜画，湘山楚水、温

曾贵斌作品《愿与青山共为邻》

润和雅，正气氤氲、尤善山水。

元代赵孟頫强调“作画贵有古意”，自言“吾所作画，似乎简率，然识者知其近古，故以为佳”。

曾贵斌师从美术名家杨国平教授，远宗五代董源，山水、林木、云雾一一应和，潇湘意象淋漓浑然。上溯明代董其昌，以“不行万里路，不读万卷书，看不得杜诗，画道亦尔”为圭臬。又心追明末清初髡残，“自证自悟，如狮子独行”，夺胎古人，从造化出，自出炉冶，写意重山复水、流云晴岚、蹊径林木，追求空茂蓬勃、疏灵幽深、瑰丽华滋。

《云依青山出潇湘》《愿与青山共为邻》《唯有家山养人心》《白云随风绕青山》……曾贵斌师古而不泥，其山水图式峥嵘、笔墨恣肆、云雾奇诡、墨彩浪漫，潇湘山水，得之于心，应之于手。

北宋《宣和画谱》评论：“潇湘八景”的作者宋迪“性嗜画，好作山水，或因览物得意，或因写物创意，而运思高妙，如骚人墨客，登高临赋。”

“离骚谓绝响，此道传人心。”

曾贵斌上下求索，传承湖湘文脉，激扬潇湘美学，山水赋离骚，遂开自家面目。

蒋艳篱：“篱篱上”之上

画家蒋艳篱，擅写意花鸟，网名“篱篱上”。

蒋艳篱生于安化，问道京华，耕心长沙。其画作《梨花一树雪》芬芳雅丽，笔墨清深。其题款曰：“安化老屋前侧曾有一树梨花，儿时常会爬上树下石头，看雪白无瑕的梨花挂着雨珠，现今那里再也没有梨花，父亲亦不会再在那里。庚子八月十二，篱写于长沙。”

“夫画者，从于心者也。”蒋艳篱爱梨，身与梨化，以梨写心，夺造化而移精神，得其情而尽其性。亦如郑板桥所言：“非唯我爱竹石，即竹石亦爱我也。”

一花一叶，一草一石，蒋艳篱“借笔墨以写天地万物而陶泳乎我”，物我两忘，丰盈静照，皆为我心。

蒋艳篱受教于北京画院郭石夫先生门下。郭公以大写意花鸟画享誉画坛，主张“写意花鸟画中所讲的‘笔墨’不只是用来造型，而是在这一笔墨运行的过程中，体现着客体自然物和主体情感两个方面的精神世界”。

笔墨至上。

至上笔墨。

书画同源。

蒋艳篱作品《四月江南》（扇面）

无远弗届。

我手写我心。

因此，蒋艳篱以研习《怀仁集王羲之书圣教序》为日课，书画并进，参悟“适我无非新”的晋唐心法。

故曰：“篱篱上”之上，无非心上。

对“江河”的叙说是人类永恒的主题

——在“守护好一江碧水·中国国家画院长江主题美术作品展巡展（湖南站）”研讨会上的发言

江，水也。对“江河”的叙说，是人类永恒的主题。

今天的“守护好一江碧水·中国国家画院长江主题美术作品展巡展（湖南站）”很震撼，我有三个感觉。

第一，江河万古流，为江山立传。

长江是中国第一大江，形成于1.4亿年前的燕山运动、1亿年前的喜马拉雅山运动，300万年前切穿巫山，东西古长江贯通一气，全长6300公里，江水浩荡奔流，流经山地、高原、盆地、丘陵、平原，注入东海。“中国国家画院长江主题美术作品展”为江山立传，写意自然造化，擘画天地大美。

第二，文脉千秋贯，为家国立传。

长江是中华民族的母亲河，是中华文明的重要发源地。1.2万年前的人工栽培稻，七千年前的城市，巴蜀文化、楚文化、吴越文化交相辉映，滇文化、黔文化、赣文化、徽文化、江南文化历久弥新。“中国国家画院长江主题美术作品展”为家国立传，溯源文明演进，点睛人文大观。

第三，翰墨百年传，为时代立传。

千秋伟业，百年风华。从某种意义上来说，一部长江的历史也是一部中国共产党人为人民谋幸福、为民族谋复兴的历史。“中国国家画院长江主题美术作品展”为时代立传，赓续红色基因，见证复兴大业。

【伍】

胸中日月常新美

——评“潇湘风采·湖南美术创作工程暨选送作品参加第十四届全国美术作品展”

巍巍岳麓，汤汤湘流。日升月恒，万物生辉。

2024 年 4 月 26 日，湖南省委宣传部、湖南省文旅厅、湖南省文联主办，湖南省美术家协会、湖南美术馆、湖南省画院承办的“潇湘风采·湖南美术创作工程暨选送作品参加第十四届全国美术作品展”在湖南美术馆开幕。

“潇湘风采·湖南美术创作工程暨选送作品参加第十四届全国美术作品展”标举潇湘美学、传承潇湘文脉、谱写潇湘华章，深度呈现新时代新征程上湖南美术创作的最新成果，深情礼赞湖南人民为实现“三高四新”美好蓝图的奋斗精神，深刻见证美术湘军“胸中日月常新美”的初心与使命。

溯源：日月其迈，潇湘风采，其命维新

湖南，“三湘四水”如此多娇。

明末清初诗文家、学者钱邦芑“游湖南者五载，三登南岳，一游九疑，徜徉于潇湘之间，名山胜水，穷历几半，间

2024 年 4 月 26 日，“潇湘风采 · 湖南美术创作工程暨选送作品参加第十四届全国美术作品展”在湖南美术馆开幕。全朝晖摄影

尝考潇湘之源”。他的《三湘考》开宗明义，天下称湖南之水者，必曰“潇湘”，又曰“三湘”。并分析说，湘水与潇水合故名“潇湘”，至衡阳与蒸水合故名“蒸湘”，“其出武陵，会长沙诸水，经湘阴入洞庭，又曰‘沅湘’”。

湖南多水。

古往今来，人类逐水而居，文明伴水而生。因此，湖南成为中华文明的重要发祥地之一。

远古的匠人以深红色的着色剂，用软笔在白陶簋形器的外底部绘出一个太阳纹的图像，如从远古幽冥中穿云破雾而来，瞬间光芒万丈——聚焦“中华文明探源工程”和“考古中国”重大研究成果，大型纪录片《何以中国》把镜头对准了湖南的沅水流域。

七千五百年前，湖南武陵山腹地的沅水河谷地带孕育出神秘的新石器文化——高庙文化。

高庙文化被誉为“中国史前社会第一次艺术浪潮”，出土了刻画太阳、八角星、凤鸟、神面等纹饰图像的白陶，对后世中国精神文化影响深远。凤鸟图像成为后来楚国艺术、汉代帛画和石刻艺术的母题，由凤鸟和兽面演化而来的龙凤艺术成为中国精神文化的重要源头。

郭伟民在《吾道南来——中华民族共同体中的史前湖南》中写道：“高庙文化是中国新石器时代文化中的一道天光，照亮了幽暗的史前丛林。”

潇湘风采，斯文在兹，其命维新。

溯源湖南美术的“潇湘”文脉，从高庙文化的天光到炭河里冶炼青铜器的炉火，从战国帛画到西汉马王堆汉墓的壁画、帛画、漆画，从宋迪“潇湘八景”的滥觞到“世俗之所不得窥其藩”的画獐猿高手易元吉，从髡残到齐白石……湖南美术的万古长空群星璀璨。

赓续：日月丽天，潇湘风采，历久弥新

“潇湘风采·湖南美术创作工程暨选送作品参加第十四届全国美术作品展”共展出作品 700 余件，主题鲜明、风格多元、创意无限。

湖南省美协中国画艺委会主任崔文学，油画艺委会主任姜向东，水彩艺委会主任唐晓明，版画艺委会主任文牧江，陶瓷艺委会主任万长林，综合材料艺委会主任卿科军，漆画艺委会主任周白韬，实验艺术艺委会秘书长袁霆轩，漫画艺委会主任刘谦，动漫艺委会主任肖伟，少儿美术、连环画、插画装帧艺委会主任王柳润，设计艺委会主任王小保，新文艺群体艺委会主任杨鎏漩，民族美术艺委会主任贾文广先后为“潇湘风采”出镜导览。

潇湘风采，以美载道，历久弥新。

吕道建的国画《春宥潇湘》赓续“潇湘”文脉，写意“潇湘”美学的空灵迷蒙。漆跃辉的国画《桃源花开》以高度凝练的笔触，映照“桃源”万象，重温湖湘大地人文风雅。陈湘金的国画《苗乡梦晓》、周小涛的国画《十八洞早市》立足本土，抒写湖南民族风情与“国之大者”。卿科军的国画《时代筑梦者》、廖卉珏的国画《中国芯》聚焦时代之变、中国之进、人民之呼，张显湖湘文化的当代价值和时代意蕴。张勤的油画《文明之光・大器3》再现湖南宁乡炭河里遗址三千年前“青铜时代”的辉煌，折射出先秦时代湖南美术的文明之光。贾文广的油画《核盾——忠魂》多维度地表达了对祖国的热爱和对党对人民对英雄的歌颂。陈静的《观桥》、房福来的《岁月老舰》、陈繁的《夏日盛会》等水彩（粉）画作品面貌日新月异，其创新性、实验性、当代性的发展态势如火如荼。林军的版画《见证速度》见证国家轨道交通的历史与发展速度，见证中国高铁领跑世界的“中国速度”，见证全面推进中国式现代化的时代速度。刘娟的版画《基因》重述“种子的力量”，凸显国家粮食安全战略的极端重要性。龙凯的版画《洞庭湖境——呦呦鹿鸣》思辨“守护好一江碧水”的生态文明之道。谭建明、谭建军的雕塑《逐梦九天》将“飞天”与“航天”合二为一。欧偲的雕塑《论·道·礼》将岳麓书院“朱张会讲”的千年风流雕刻进时光的年轮。

“潇湘风采”荟萃湖南中国画、油画、水彩（粉）画、版画、雕塑、陶瓷艺术、综合材料、壁画与漆画、实验艺术与数字艺术、漫画与动画、年画与宣传画、插图与连环画、工艺美术与艺术设计共14大类别的精品力作，传统与当代交融、现实与浪漫互鉴、真实与虚拟辉映，美术湘军坚定文化自信、坚守人民立场、坚持守正创新，心系民族复兴伟业，热诚描绘新时代新征程的恢宏气象。

砥砺：日月不居，潇湘风采，日新又新

潇湘，湖南人的心灵图腾。

“潇湘、蒸湘、沅湘，三水皆纬流，而经之者湘水也。”清代先后两次出任岳麓书院山长的王文清作《湘水记》，以水论道：“夫三湘既合之后，固极浩荡之势矣。究其滥觞，不过三十步之潭。潭外涧不过尺余细流，而涓涓绵绵，遂至于此。天下事，由浅而深，积小成大，下而善受之不穷者，固如斯乎。”

潇湘风采，行稳致远，日新又新。

2024 年 3 月，习近平总书记在湖南考察时指出，悠久的历史文化、厚重的革命文化、活跃的现代文化，是湖南增强文化软实力的丰富资源和深厚基础。湖南要更好担负起新的文化使命，传承历史文化，赓续革命文化，发展社会主义先进文化，使湖湘文化在新时代实现新发展、呈现新气象，在建设中华民族现代文明中展现新作为。

从“绿水青山就是金山银山——大美潇湘大型系列山水画展”到“潇湘风采 · 湖南美术创作工程暨选送作品参加第十四届全国美术作品展”“潇湘风华——中国山水画作品展”，美术湘军以“胸中日月常新美”的历史担当，深入学习贯彻习近平文化思想，担负起新的文化使命，用心用情用功观照潇湘美学，为湖南画像、为江山立传、为时代明德，谱写华章。

歌从千年画中来

——评大型交响声乐套曲《潇湘八景》

一个时代有一个时代的文艺。

习近平总书记在湖南考察时强调，要牢固树立“绿水青山就是金山银山”的理念，在生态文明建设上展现新作为。

天地有大美，山水看潇湘。

湖南省文联、湖南省音协组织词作家金沙、作曲家孟勇，以千年名画《潇湘八景图》为母题，以讴歌湖湘儿女践行习近平生态文明思想为主题，创作并推出大型交响声乐套曲《潇湘八景》。

歌从千年画中来。千年前古人以笔墨绘出古时之潇湘八景，千年后今人以旋律唱出今朝之潇湘八景。跨越千年时空，换了人间，一曲美好颂歌献给山青水绿人欢笑的壮丽新时代。

最多吟兴是潇湘

“潇湘”一词，源于《山海经》所载“洞庭山”：“帝之二女居之，是常游于江渊。澧沅之风，交潇湘之渊，是在九江之间，出入必以飘风暴雨。”

上下五千年，潇湘三万里。

五千多年前，黄帝“南至于江，登熊、湘”，张乐于洞庭之野。“鸟闻之而飞，兽闻之而走，鱼闻之而下入，人卒闻之，相与还而观之。”

四千多年前，舜帝弹五弦之琴，歌《南风》之诗。“南风之薰兮，可以解吾民之愠兮。南风之时兮，可以阜吾民之财兮”，天下明德皆自舜始。南巡狩，崩于苍梧之野，葬于江南九嶷，是为零陵。娥皇、女英以涕挥竹，竹尽斑，死于江湘之间，化为湘水之神。

两千多年前，屈原作《九歌·湘君》《九歌·湘夫人》，“采薜荔兮水中，搴芙蓉兮木末”，游于泽畔，“袅袅兮秋风，洞庭波兮木叶下”，行吟湖湘，以香草美人为比兴，是“文学之鼻祖”。

自屈原自沉汨罗而死百有余年，汉代贾谊为长沙王太傅。过湘水，投书以吊屈子。

“心怀屈贾千年上，身在潇湘八景间。”

中国山水画，半源起潇湘。一千多年前，五代南唐画坛巨匠董源作《潇湘图》。山林深蔚，峰峦连绵，树木丰盛，江河开阔，洲渚交横，湖光山色，云雾迷蒙，烟霞幻灭，幽旷平和，山水神气，意趣天真，此画被画史视为“南派”山水的开山之作，也是现存最早的关于“潇湘”主题的图绘。

北宋嘉祐年间，时人筑八景台于长沙（遗址位于今五一大道湘江大桥之东引桥附近），将宋迪《潇湘八景图》列其

2023 年 11 月 30 日，大型交响声乐套曲《潇湘八景》首演音乐会在长沙音乐厅举行。凌戈影视摄影

上，“海内咸称之。转相效拟，益若甲天下”。自此，“各郡县均有八景，处处皆然”“十室之邑、三里之城、五亩之园，以及琳宫梵宇，靡不有八景十景诗矣”。“潇湘八景”将山水丘壑与文人心象合而为一，成为东方美学的极致意象，流播海内外。

北宋米芾曾为“潇湘八景”题诗写序：“潇水出道州，湘水出全州，至永州而合流焉。自湖而南，皆二水所经，至湘阴始与沅之水会，又至洞庭，与巴江之水合，故湖之南皆可以潇湘名。”

南宋郭沔移居湖南，“每望九嶷为潇湘水云所蔽”，乃制古琴曲《潇湘水云》，“悠扬自得之趣，天光云影之妙，一蓑江表、扁舟五湖之兴，尽在乎兹。”

湖之南。山之魂。水之灵。

“潇湘八景”是画，是诗，是曲，是歌。画载道，诗言志，曲印心，歌永言。

传承与创新。为创作交响声乐套曲《潇湘八景》，金沙近年来对古老潇湘文化尤其是“潇湘八景”进行了深入的文献考据与田野调查。他说，宋迪的《潇湘八景图》表现出了钟情山水的自然之美和高洁清远的隐逸情怀。潇湘山水清丽绝伦，诗意盎然，尤其是超然凡尘的世外桃源，更给潇湘添上了出世之境的色彩。宋迪虽是他乡过客，但他摆脱穷愁失意的羁旅心态，将目光投向自然山水，发掘山水之美，勾画天然胜景，走进宠辱不惊、安于现状、物我合一、怡然自得的精神境界。潇湘之美本已超乎寻常，《潇湘八景图》的横空出世，让“潇湘八景”一词跃升为美丽的化身与代名词，成为蕴含人类共同向往的美好自然与情思的梦想家园。于是在他笔下的大型交响声乐套曲《潇湘八景》由四个乐章和序曲、尾声组成，起承转合，深入浅出，精彩纷呈，绘就一幅人与自然和谐共生的美丽画卷，唱响一曲生态文明的时代颂歌，生动谱写了新时代湖南实现“三高四新”美好蓝图的文艺新篇章。

雄浑与灵气。孟勇赋予交响声乐套曲《潇湘八景》新的思想内涵与情感，音乐核心主题取材于古琴曲《潇湘水云》，音乐既有古琴曲《平沙落雁》的特点，又有湖南戏剧音乐元素，宽广而豪迈、柔美而流畅，配器手法多样，和声与复调富有张力和细腻，将西洋的作曲技术与《潇湘八景》的音乐表达融为一体，具有鲜明的湖南气派与浓郁的新时代特征。

有山皆图画，无水不文章。

湖南以长江岸线湖南段为纽带，以洞庭湖为中心，以“武陵—雪峰、南岭、罗霄—幕阜山脉”为自然屏障，以“湘资沅澧”为脉络，构建“一江一湖三山四水”生态安全格局。

交响声乐套曲《潇湘八景》点睛湖南山水“照眼云山出，浮空野水长”的历史质感，抵达湖南山水“会有衡阳客，来看意渺茫”的人文回响，合奏湖南山水“绿水青山就是金山银山”的时代乐章。

2023 年 11 月 5 日，《人民日报》头版刊发的《湖南奋力在生态文明建设上展现新作为》一文指出，湖南深入贯彻习近平生态文明思想，坚持生态优先、绿色发展，推动发展方式绿色转型，努力提升经济发展“含绿量”，奋力在生态文明建设上展现新作为。

唱响“潇湘八景”，赋能诗画湖南，建设美丽中国。绿水青山间，湖南交出了一张亮丽的生态答卷。

潇湘之胜渺无穷

八景之作，始自潇湘。

北宋沈括《梦溪笔谈》“书画”载宋迪“工画，尤善为平远山水，其得意者有平沙雁落、远浦帆归、山市晴岚、江天暮雪、洞庭秋月、潇湘夜雨、烟寺晚钟、渔村落照，谓之八景。好事者多传之”。后人将平沙雁落、远浦帆归、渔村落照分别改称平沙落雁、远浦归帆、渔村夕照。

“文章合为时而著，歌诗合为事而作。”

当代中国，江山壮丽，人民豪迈，前程远大。金沙、孟勇从湖南的山水出发，念兹在兹，朝斯夕斯，以担负起新的文化使命为己任，潜心创作大型交响声乐套曲《潇湘八景》。

交响声乐套曲《潇湘八景》以《潇湘八景在哪里》为序曲，以“夏之幻——《烟寺晚钟》《山市晴岚》”为第一乐章，“秋之韵——《平沙落雁》《洞庭秋月》”为第二乐章，“冬之色——《渔村夕照》《江天暮雪》”为第三乐章，“春之声——《潇湘夜雨》《远浦归帆》”为第四乐章，以《我家住在画里面》为尾声，为新时代潇湘八景立传。

夏之幻，云飞扬。

“祝融峰上闻古钟 / 翠林深处起烟云 / 飘过都市 / 飘过山村 / 飘过雪峰向武陵 / 云中高铁飞长龙 / 云中巨轮卧彩虹 / 一朵朵红霞如芙蓉 / 开在那洁白的云海中。”《潇湘八景》第一乐章“夏之幻”以《烟寺晚钟》开篇，以“幻”写“真”。“真”的是祝融峰、湘江、洞庭、雪峰、武陵、高铁、巨轮，“真”的是“古钟敲动万山云，云水蒸腾新气象”。

“圆圆的天算台如碧波映月 / 一座座高科技城似明珠闪亮 / 先进制造业园区星罗棋布 / 海陆空港口溢彩流光 // 起重机从这里纵横天下 / 盾构机从这里远渡重洋 / 飞驰的列车从这里跨越五湖四海 / 小巧的发动机从这里展翅翱翔 / 北斗

从这里导航日月星辰 / 海牛从这里奔向深海巨浪 / 天河从这里领跑春潮 / 种子从这里播撒春光。”《山市晴岚》与《烟寺晚钟》组成《潇湘八景》第一乐章“夏之幻”，以“幻”写“实”。“实”的是天算台、高科技城、先进制造园区、海陆空港口、起重机、盾构机、列车、发动机、北斗卫星导航、海牛海底钻机、天河超级计算机、种子，“实”的是“云山烟水绕都市，产业集群竞雄风”。

南岳衡山七十二峰中，祝融峰最高，也是湖南历史文化的地标性制高点。《山寺晚钟》以“祝融峰上闻古钟”起笔，《山市晴岚》从“青青的高山林海莽莽”挥毫。山高云深，江天一览。长沙市工程机械集群、长沙市新一代自主安全计算系统集群、株洲市先进轨道交通装备集群、株洲市中小航空发动机集群与湖南的绿水青山相得益彰。

山高人为峰。交响声乐套曲《潇湘八景》写景即写人，写的是湖湘儿女推进高质量发展的精气神，唱的是建设中国式现代化新湖南的风雅颂。

秋之韵，雁成行。

“长天万里远 / 碧空万里高 / 一行行雁阵落平沙 / 远行游子入怀抱 / 百鸟和鸣起歌声 / 彩云蹁跹映波涛 / 芦苇摇荡舞花束 / 洞庭举杯酒香迎风飘 // 金菊朵朵艳 / 芙蓉朵朵俏 / 一群群大雁聚平沙 / 远归游子齐欢笑 / 漫步滩边戏鱼虾 / 踏波碧水激浪潮 / 展翅凌空绕帆影 / 衡岳暖阳家园多美好。”《平沙落雁》以“韵”写“美”，长天、碧空、雁阵、平沙、游子、百鸟、芦苇、洞庭、酒香、金菊、芙蓉、鱼虾、帆影、衡岳是“美”。这“美”是山水美、家乡美、生活美，这“美”是“长空万里雁归来，碧水金沙弄舞影”。

“洞庭挂盏小银月 / 八百里碧波闪银辉 / 浪花浪花轻一点跑 / 晚风晚风轻一点吹 // 唱歌的大雁 / 站在草滩正入睡 / 跳舞的天鹅 / 浮在水面正入睡 / 撒欢的麋鹿 / 走进芦苇正入睡 // 微笑的江豚 / 踏着细浪正入睡 / 悠闲的鲟鱼 / 伏在水中正入睡 / 闪烁的灯火 / 相守岸边正入睡 // 洞庭挂盏小银月 / 八百里碧波铺银辉 / 宝贝宝贝你好好睡 / 妈妈给你盖上银色小棉被。”《洞庭秋月》以“韵”写“爱”，银月、碧波、浪花、晚风、大雁、天鹅、麋鹿、江豚、鲟鱼、灯火、宝贝、妈妈是“爱”。这“爱”是山水之爱、自然之爱、人性之爱，这“爱”是“月照洞庭千顷碧，世间万物共枕眠”。

金沙在《洞庭秋月》创作手记中写道：“2023 年 5 月 23 日定稿于岳阳云梦宾馆 6013 房。洞庭儿女守护洞庭，洞庭母亲深爱儿女，作品将银色的月光比作母亲为怀中万物盖上的银色小棉被，充分体现了洞庭湖最伟大的母爱。而母性十足的喃喃细语，正是洞庭母亲湖唱出的最深情的摇篮曲。”

冬之色，喜乐多。

“夕阳红似火 / 红霞映村落 / 四面青山披红缎 / 江中碧水荡金波 / 鱼儿跳 / 鸟儿飞 / 芦花舞动彩云朵 / 木桨摇 / 汽笛鸣 / 游览船上对渔歌。”《渔村夕照》以“红霞”写“喜”，夕阳、红霞、青山、碧水、鱼儿、鸟儿、芦花、云朵、木桨、汽笛、游船、渔歌、村落、古渡、阡陌、小院、花果、荷塘、莲藕、鱼池、茶香、笑声、渔家、美酒、远客是“喜”，这“喜”

是新时代新农村的田园之喜、丰收之喜、团圆之喜，“喜”的是“绿水青山托渔村，鱼跃人欢起歌声”。

“江天上飞落鹅毛雪 / 纷纷扬扬如花又如蝶……牵手这银光闪闪的薄暮时节 / 看满天飞雪向一江碧涛激情赴约……依偎这色彩缤纷的欢乐时节 / 看满天飞雪与一江灯火尽情摇曳。”《江天暮雪》以“白雪”写“乐”，鹅毛雪、长岛、山岳、立交、高楼大厦、车流、古巷、新街、巨轮、高铁、烟火、霓虹、灯火是“乐”，这“乐”是现代化都市里的奋斗之乐、生活之乐、追求之乐，“乐”的是“暮雪纷飞舞都市，繁华灯火映江天”。

《江天暮雪》中的“雪”最为传神。“牵手”与“偎依”，“赴约”与“摇曳”，如同《长沙夜生活》，城市的温度扑面而来。

春之声，歌嘹亮。

“沙沙沙沙 / 沙沙沙沙 / 听潇湘大地走来春天的步伐 / 沙沙沙沙 / 沙沙沙沙 / 听春雨在描绘春天的图画。”《潇湘夜雨》以“声”写“梦”，窗外、枝丫、远山、田野、江河、湖汊、杨柳、桃花、种子、河流、春潮、春天、春雨是“梦”，这“梦”是希望之梦、人民之梦、中国梦，这“梦”是“春雨沙沙润大地，春夜融融孕生机”。

“洞庭苍茫涌碧翠 / 江河浩荡彩云飞 / 芙蓉举杯迎风舞 / 巨轮远航天涯归。”《远浦归帆》以“声”写“情”，洞庭、江河、彩云、芙蓉、巨轮、天涯是“情”，这“情”是山水情、家国情、人间共同的眷恋与向往之情。

万里潇湘物华新

山川之美，古来共谈。

潇湘是山水的盛宴，是时间的魔方，是灵魂的试剂。万顷烟霭，千里幽篁，百年孤独，足以发人想象。

挥毫当得江山助，不到潇湘岂有诗。

南北朝刘勰《文心雕龙》在“物色”篇中专门论述了“江山之助”：“若乃山林皋壤，实文思之奥府，略语则阙，详说则繁。然则屈平所以能洞监《风》《骚》之情者，抑亦江山之助乎？”

李白的“潇湘”：帝子潇湘去不还，空馀秋草洞庭间。王昌龄的“潇湘”：醉别江楼橘柚香，江风引雨入舟凉。忆君遥在潇湘月，愁听清猿梦里长。杜甫的“潇湘”：山鬼迷春竹，湘娥倚暮花。湖南清绝地，万古一长嗟。刘禹锡的“潇湘”：斑竹枝，斑竹枝，泪痕点点寄相思。楚客欲听瑶瑟怨，潇湘深夜月明时。

于是，“潇湘”成为一种文化镜像，印证的是迁客羁人的醉别、愁听、长嗟、泪痕、相思。

“宋迪作八境绝妙，人谓之无声句。演上人戏余曰：‘道人能作有声画乎’”——宋代著名诗僧惠洪“因为之各赋诗一首”，从而“确立了潇湘八景诗歌与绘画经典对话的书写方式”。

惠洪的《潇湘八景诗》是现存已确认的咏宋迪《潇湘八

景图》第一人。

《潇湘夜雨》的萧瑟："绝怜清境平生事，蓬漏孤吟晓不知。"《山市晴岚》的虚空："风土萧条人迹静，林蹊花木自鲜浓。"《远浦归帆》的苍凉："倚栏心绪风丝乱，苍茫初见疑凫雁。"《烟寺晚钟》的幽寒："猛省一声何处钟，寺在烟村最深处。"《渔村夕照》的清绝："碧苇萧萧风淅沥，村巷沙光泼残日。"《洞庭秋月》的落寞："五更何处吹画角，披衣起看低金盆。"《平沙落雁》的愁寂："西兴未归愁欲老，日暮无云天似扫。"《江天暮雪》的孤冷："孤舟卧听打窗扉，起看宵晴月正晖。"

这是远古"潇湘"，是唐宋河山故国，也是历代迁客羁人心中的夜雨、山市、归帆、晚钟、夕照、秋月、落雁、暮雪。正如南宋李纲所言："湖湘间多古骚人逐客，才士之所居，故其景物凄凉，气俗感慨，有古之遗风。"

山川万古，四季轮回，其道维新。

习近平总书记指出，要挖掘中华优秀传统文化的思想观念、人文精神、道德规范，把艺术创造力和中华文化价值融合起来，把中华美学精神和当代审美追求结合起来，激活中华文化生命力。故步自封、陈陈相因谈不上传承，割断血脉、凭空虚造不能算创新。

交响声乐套曲《潇湘八景》以中华优秀传统文化为文艺创新的重要源泉，坚持创造性转化、创新性发展，致力于主题创新、意象出新、语境求新。

其一，主题创新。交响声乐套曲《潇湘八景》旨在从经典中创造经典，变“画”为“歌”。

宋迪所绘《潇湘八景图》之所以被后人称为“无声句”，正是因为画图中蕴含了丰富深厚的思想内容与情感。地理风土孕育艺术心灵，文艺创作表现地理风土，《潇湘八景图》所描绘的潇湘风土人情与谪迁的文人情结，折射出了浓郁的离愁别绪和暗藏的隐喻密码。潇湘山高水长，云水苍茫，气候变化多端，人烟稀少，远离京华，自古是贬谪流放之地，加上这方土地千年万年浸透了湘妃之泣、屈原之怨、过客之愁，被贬文人客居这片天地，在地势卑湿的荒僻环境和阴郁不展的气候中，更易触发个人际遇与家国命运的伤感喟叹。宋迪遭朝廷罢黜，心中郁闷难忍，便以《潇湘八景图》为隐喻，化解内心的苦闷。所绘八景几乎均为晚景，着墨均为黑白灰组成的冷色调，意象选择为清冷而低落的雨雪、烟云、晚钟、落雁、夕阳、秋月、归帆，这不仅是单纯的潇湘自然景物的描摹，更是寄情于山水的离愁别绪与心灵隐喻的终极表达。

为此，金沙着力于潇湘文化样本与潇湘八景美学秩序的投射与再造，娓娓道来，妙手偶得。

《潇湘八景》第一乐章“夏之幻——《烟寺晚钟》《山市晴岚》”氤氲烟寺晚钟之悠悠，山市晴岚之飘飘，表现云雾飘逸与苍茫绿色中的现代化建设气象。第二乐章“秋之韵——《平沙落雁》《洞庭秋月》”共舞平沙落雁之翩翩、洞庭秋月之浩浩，表现人与自然万物的和美情缘。第三乐章“冬之色——《渔村夕照》《江天暮雪》”抒写渔村夕照之融融、江天暮雪之渺渺，表现乡村与都市的现代风貌。桃源深处，诗意栖息，梦里家山与城市烟火相互交织。第四乐章“春之声——《潇湘夜雨》《远浦归帆》”合奏潇湘夜雨之沙沙，远浦归帆之猎猎，表现美好家园的盎然春意与无限希望。

其二，意象出新。交响声乐套曲《潇湘八景》重塑“八景”意象，突破对“潇湘八景”具象的实指，创造性地回答“潇湘八景在哪里”的时代课题。

2023 年 5 月 18 日凌晨，金沙于长沙“老木屋”写下大型交响声乐套曲《潇湘八景》序曲《潇湘八景在哪里》的词稿。“古人挥笔画潇湘，潇湘八景在哪里？”——开宗明义、追踪溯源，言说古代潇湘八景的美学传统与情感隐喻：“在那苍莽的山水中 / 在那迷蒙的烟雨里 / 在那月落有声的离愁中 / 在那雁啼无语的诗意里 / 潇湘八景传千秋 / 一卷潇湘珍藏在美好心灵里。”

宋代邓椿《画继》提出，宋迪《潇湘八景图》是“先有画而后名意”，目的是表现“掩霭惨淡之状”：“宋复古八景，皆是晚景。其间烟寺晚钟、潇湘夜雨，颇费形容。钟声固不可为，而潇湘夜矣，又复雨作，有何所见。盖复古先画而后命意，不过略具掩霭惨淡之状耳。”

明末清初的王夫之曾以“蝶恋花”词牌作《潇湘十景词》，感叹“潇湘八景，不知始谁。差遣唯洞庭月、潇湘雨耳，他皆江南五千里所普摄也”。

金沙在《大型交响声乐套曲〈潇湘八景〉创作背景》中明确提出自己的观点：一是认为古代“潇湘八景”真实存在，

其泛指湘江流域比较典型的景色，除“洞庭秋月”实指洞庭湖外，其他七景均不实指某地；二是认为并非实际景观，是文人据其自然景象融入主观情感与艺术想象创造而成。

因此，苍莽、迷蒙、月落、离愁、雁鸣，寄寓的是“古人”的流放贬谪之悲怀，吟唱的是“古人”的怀才不遇之失意。

“今朝挥笔画潇湘，潇湘八景在哪里？”——点题揭旨，承古传今，展露当代潇湘八景的文化流变与时代精神：“在那苍翠的群山中 / 在那碧绿的江河里 / 在那芙蓉摇曳的云水中 / 在那红霞飞舞的朝晖里 / 潇湘八景遍大地 / 万里潇湘铺开在锦绣家园里。”

苍翠、碧绿、芙蓉、云水、红霞，见证的是“今朝”的时代之变、中国之进、人民之呼、湖南之美，凸显的是新时代新征程之湖南新篇章。

新时代新征程是中国文艺的历史方位。交响声乐套曲《潇湘八景》以新时代视角聚焦“烟寺晚钟”“山市晴岚”“平沙落雁”“洞庭秋月”“渔村夕照”“江天暮雪”“潇湘夜雨”“远浦归帆”等意象，并以颠覆性的美学巨变和艺术勇气，辩证取舍、推陈出新，“以古人之规矩，开自己之生面”，荟萃春夏秋冬的热烈，渲染晨午昏夜的明丽，绽放晴雨雪烟的蓬勃。

交响声乐套曲《潇湘八景》以音乐重读千年美术经典，把握时代脉搏，承担时代使命，聆听时代声音，回答时代课题，实现了思想性、艺术性、欣赏性的合而为一。

其三，语境求新。交响声乐套曲《潇湘八景》以时代语境重塑“潇湘”美学范式，以全新原创的清辞丽句高歌“潇湘八景”，高歌美好家园。

2023 年 8 月 18 日凌晨，金沙于长沙“老木屋”完成大型交响声乐套曲《潇湘八景》的尾声《我家住在画里面》。

“绿水青山铺画卷 / 白云朵朵题诗篇 / 清风吹拂着树林和田野 / 一群群鸟儿飞舞蓝天 / 五彩的花朵鲜艳艳 / 一张张脸庞笑开颜 // 绿水青山铺画卷 / 白云朵朵题诗篇 / 阳光照耀着都市和村落 / 一条条高速通向天边 / 宽阔的广场舞翩翩 / 一阵阵歌声醉心间 // 绿绿的水 / 青青的山 / 我家住在画里面 / 相亲相爱 / 情意绵绵 / 我们憧憬更美好的明天。”尾声《我家住在画里面》以“画”为“歌”，再以“歌”入“画”，“歌”中有“画”，“画”中有“歌”，“歌”就是“画”，“画”就是“歌”。

“我家住在画里面”——情景交融，想象瑰丽而朗朗上口，堪称点睛之笔。

交响声乐套曲《潇湘八景》立足当代，坚守现实主义精神与浪漫主义情怀，回归文学的本质，重溯音乐的源头，紧贴大地的心跳，拥抱生活的宝藏，宣示人民的立场，用老百姓的语言实实在在地讲好“烟寺晚钟”“山市晴岚”“平沙落雁”“洞庭秋月”“渔村夕照”“江天暮雪”“潇湘夜雨”“远浦归帆”的湖南故事、中国故事、时代故事。

从某种意义上来说，交响声乐套曲《潇湘八景》正是在习近平文化思想首次提出的重要时刻，湖南音乐工作者以高度的政治责任感，力图用心用情用力打造的一部具有湖湘地理标志、湖湘文化符号和新时代特征的湖南音乐精品。

潇湘八景，湖南高歌。

2023 年是全面贯彻落实党的二十大精神的开局之年，也是习近平生态文明思想正式提出五周年。

习近平总书记在进一步推动长江经济带高质量发展座谈会上指出，深入发掘长江文化的时代价值，推出更多体现新时代长江文化的文艺精品。

新时代需要文艺高峰，也完全能够铸就文艺高峰。

万里潇湘，千年名画，百年梦想。从“潇湘八景在哪里”到“我家住在画里面”，大型交响声乐套曲《潇湘八景》前后呼应，情景互见，一气呵成，为铸就新时代文艺高峰奋力高歌。

——原载 2023 年 12 月 15 日《湖南日报》

山川奇气曾钟此

——《千年湖湘八景图典》前言

《永乐大典方志辑佚》记载："八景之作，始自潇湘。"

潇湘，泛指湖南。北宋沈括在《梦溪笔谈》中写道："度支员外郎宋迪工画，尤善为平远山水，其得意者，有《平沙雁落》《远浦帆归》《山市晴岚》《江天暮雪》《洞庭秋月》《潇湘夜雨》《烟寺晚钟》《渔村落照》，谓之'八景'，好事者多传之"。后人将平沙雁落、远浦帆归、渔村落照分别改称平沙落雁、远浦归帆、渔村夕照。北宋嘉祐年间，时人筑八景台于长沙，将宋迪"潇湘八景"列其上，"海内咸称之。转相效拟，益若甲天下"。自此，"各郡县均有八景，处处皆然""十室之邑、三里之城、五亩之园，以及琳宫梵宇，靡不有八景十景诗矣"。八景作为一种普遍存在的地域自然景观与文化风雅，赓续千年，流播海内外。

宋迪《潇湘八景图》荟萃春夏秋冬之节，晨午昏夜之时，晴雨雪烟之候，潇湘景色，尽入画中。以"潇湘八景"为主导的选景模式，将实体具象与隐喻智慧、天地自然与人类心灵、恒定景物与瞬间景观、日常体验与超常感悟合而为一，交相辉映，历久弥新，成为中华优秀传统文化生生不息的人

《千年湖湘八景图典》（名誉主编：夏义生，主编：赵涛、杨玲，210 万字，2021 年 8 月第 1 版，北京时代华文书局）

文母题和熠熠生辉的文旅胜迹。

习近平总书记强调：“要把优秀传统文化的精神标识提炼出来、展示出来，把优秀传统文化中具有当代价值、世界意义的文化精髓提炼出来、展示出来。”

湖南省文联、湖南省企（事）业文联、《财富地理》策划编纂出版《文脉·千年湖湘八景图典》文献图书，以“八景”为经，以全省市州、县市区为纬，全景钩沉湖南八景，为文脉立传，为山水画像，为教化明德，探寻八景湖南的历史嬗变与时代表达的创造性转化与创新性发展之路。

八景湖南，山水图景

“山不在高，水不在深，而皆以胜概得名，故志山川则必志名胜。”观照历代方志书写传统，人们专注于本土特色景观的呈现与淬炼，一方面可以标新不同地域的山水格局，另一方面又可以形塑丰沛的地域人文。明清时期，方志、笔记的涌现以及刻印技术的发展，使刻绘地域山光水色日益成熟，八景文化一脉相承，异彩纷呈。

清同治年间《续修永定县志》“山水”载“八景图”有记曰：“昔王摩诘绘《辋川图》，谓诗不能写者以画传之。盖善状难状之景，即一丘一壑，尚使人流连，况以城郭之区，山水之胜，触处更易动情乎。永据楚西，上游万山环绕，天然一幅画图。今拣名胜，续标八景。”

而且，“夫简策有图，非徒工绘事也。盖记未备者，可按图而穷其胜；记所已备者，可因图而索其精。图为贡幽阐邃之具也”。《文脉·千年湖湘八景图典》以宋代“潇湘八景”开篇，下迄民国，所录“八景”“八景图”皆据历代方志所载，并综合各类底本比对校勘，尽量采用善本，所引用史料均以方志中“山川”“形胜”“古迹”“艺文”等史料为准，凸显全书文献立场。同时，于各分篇首简述当地历史沿革和区划变迁，并选录历代方志所载府、州、厅、县之“境图”“治图”“山水图”以彰湖南形胜。

八景湖南，人文胜景

八景根植于地方的自然山水，也植根于地方的乡土人文。

仁者乐山，智者乐水。山与水升华成为人格化的存在，自然山水不只是观赏、游览的物质空间，更是人们寄托情感和理想的精神空间。

正如李劼在《山水图志与家国、社会角色及其关系的建构》中所言，山水自在，不以物喜，不以己悲，但生活其间的人们在时间的流逝中，将不变的山水纳入自己的叙事体系中，山水遂成为人们盛放身家的“容器”，或者也可以说，山水亦成为盛放于人们无边的精神空间里的“内容”。

“一切高深，可以为山水，而山水反不能自为胜；一切山水，可以高深，而山水之胜反不能自为名。山水者，有待而名胜者也：曰事，曰诗，曰文。此三者，山水之眼也。”

日月星辰、春夏秋冬、风雨霜雪、山岩洞石、江湖泉瀑、花草林木、飞禽走兽、佛寺道观、楼台亭阁、名人遗迹、农耕渔樵、民居桑田、风物特产……八景以高度的艺术概括，写意山水与人文的大美，折射出中国人的生命本真和审美理想，凝聚着中华民族历史传统的共同品质，确立了“天人合一”的人文坐标。“模山范水”传统浸润下的文人士大夫，擘画理想中的生活图景，自觉地通过“事”“诗”“文”为八景中的山水点睛。

《文脉・千年湖湘八景图典》选录了湖南各地历代“八景”诗词与“八景图”，尽显“展其图而曲尽幽人，读其诗而烟云万丈”之妙，以志人文大观。

八景湖南，文旅美景

2018年3月，国务院办公厅印发的《关于促进全域旅游发展的指导意见》指出，把促进全域旅游发展作为推动经济社会发展的重要抓手，从区域发展全局出发，统一规划，整合资源，凝聚全域旅游发展新合力。

文化是旅游的灵魂，旅游是文化的载体。推动文化与旅游的深度融合，对于发展全域旅游、打造品质旅游、实现旅游业高质量发展具有重要意义。

因此，“要深刻体会文旅要素中的历史属性一定要靠现代运筹来得以弘扬；文旅要素中的自然属性，也一定要凭人文投射来得以光大；文旅项目不仅是静态的存在，更是动态的创造；文旅产业既是一个实体经济，又是一个想象空间”。八景作为一种特有的旅游文化资源，不仅可以为“文化赋能旅游”提供新的路径，而且可以为旅游资源的开发与可持续利用提供精准的现实参照。

江山留胜迹，我辈复登临。文旅融合的美景正向纵深铺展。《文脉·千年湖湘八景图典》文献图书以文化初心，守正创新，溯源湖湘八景的千年演变与传承，复苏湖湘大地久远的“乡愁”，再现湖湘记忆里永恒的“诗与远方”，全力落实省委打造“锦绣潇湘”全域旅游的战略部署，助推文化与旅游在更广范围、更深层次、更高水平上实现融合发展，不断满足人民群众对美好生活的需要，其意义不言而喻。

山川之美，古来共谈。九百多年前，北宋大书画家米芾为《潇湘八景图》题诗写序：“洞庭南来，浩淼沉碧，叠嶂层岩，绵衍千里，际以天宇之虚碧，杂以烟霞之吞吐。风帆沙鸟，出没往来，水竹云林，映带左右，朝昏之气不同，四时之候不一，此则潇湘之大观也。”

一方水土养一方人。从某种意义上来说，“八景湖南”就是文化湖南的诗意表达，就是湖湘文脉的诗性写照。展读湖湘八景千年画卷，让我们更好地读懂湖南，读懂湖南人，读懂“山川奇气曾钟此”的文气，为奋力实施“三高四新”战略、建设现代化新湖南贡献文化力量。

《文脉·千年湖湘书院图记》编辑说明

一、《文脉·千年湖湘书院图记》以湖南省十四个市(州)分为十四章，全书以书院为脉络，分别介绍各书院的历史、建筑、教学、管理、人物等。同时，特别收录了与书院有关的记序、学规、章程、楹联、诗文，包括书院形胜、重要事件、统计图表及今人关于湖湘书院文化的研究文章等，旨在全景呈现湖南书院千年文化长卷。

二、《文脉·千年湖湘书院图记》所有图文均来源于各市（州）、县（市、区）志及教育志，各有关书院志、书院研究史料，并通过实地考察和网络搜索加以完善，已在书后列出主要参阅书目，但未在书中一一注明资料来源，谨此予以说明并致以衷心的感谢。

三、编者对《文脉·千年湖湘书院图记》图文资料进行了删节编辑，力求文本资料性与可读性相统一。凡书中所引述的有关文献中存在的缺损字、异体字，均以“口”替代。

四、《文脉·千年湖湘书院图记》所涉及的纪年、数字，为保持所据资料原貌，全书未作统一。

五、湖南书院文化源远流长，很多书院年代久远而失考。

《千年湖湘书院图记》（主编：赵涛、贺胜，90万字，2015年12月第1版，万卷出版公司）

因采编时间紧迫，史料繁杂，加之编者学识水平所囿，《文脉·千年湖湘书院图记》难免有遗珠之憾和失误纰漏，敬请读者批评教正。

湖南现代美术馆“湖边无际”展览导言

一江。

一山。

一湖。

三生万物，万物归一，归一曰道。

《说文》：“湖，大陂也。”湖边无际，无际为大。道大，天大，地大，人亦大。

湖南现代美术馆

以湖载道，天人合一，上善若水。老子言水有七德，几近于道。孔子见大水必观，君子比德。

山水，大物也。麓山高，湘水长，后湖美。圣人含道映物，贤者澄怀味象，山水以形媚道。

以湖传道，美美与共，天下大同。梭罗写出“属于心灵”的《瓦尔登湖》，康定斯基以《湖上》定义“艺术家灵魂的热情”。

时间，是万物的尺度。

湖边无际·湖南现代美术馆与时间共鉴，为美术家立传，以人文地标致敬经典，以多元维度观照新知。

后湖前瞻，湖边无际。

以湖弘道，取则行远。

江山如画，湖上清凉。至大无外，和光同尘。湖边无际——旷小津、郭文光、李砺、王思宁、蒋艳篱作品展以湖为镜，观照艺无止境。

新年维新

——《财富地理》2021 年新年献词

新年。维新。

百年交替，万物复苏。以时间巨手定义国之大者，在危机中育新机、于变局中开新局。

百年前，一个 25 岁的湖南人疾呼：“明目张胆正式成立一个中国共产党。”

百年前，13 位平均年龄 28 岁的年轻人将“开天辟地的大事变”镌入人类史册。

百年前，在湖南自修大学，《新时代》创刊。

2021 年，大党百年。“大就要有大的样子”。

千秋伟业，百年风华。

习近平总书记在文艺工作座谈会上强调：“伟大事业需要伟大精神。实现这个伟大事业，文艺的作用不可替代，文艺工作者大有可为。”

2021 年，开启全面建设社会主义现代化国家新征程 。

一个时代有一个时代之文艺。

风，起于洞庭。雅，汇于湘流。颂，聚于岳麓。

惟楚有材，道南正脉。于斯为盛，求是策源。新年维新，唯有创新。

创新是文艺的生命。

湖南省企（事）业文联、《财富地理》坚守“传承文脉、创意新知”初心，以“习近平总书记关于文艺工作重要论述”“湖湘政要文坛”“湖南文艺传”“文脉”“文笔”“艺林”“封面志”等专栏培根铸魂；以《千年书院》见证“斯文在兹”，以《“一湖四水”文脉图记》“守护好一江碧水”，以《八景图典》《八景图典·张家界卷》写意锦绣潇湘，以《湖南道》擘画“一带一部”，以《千年城鉴》“记得住乡愁”；以弘扬企业家精神，在服务湘钢、涟钢、建工、湘科高质量发展中彰显文化担当；以“十八洞村文化交流协会”探索“文化扶贫”，以“科明农庄文创基地”接续乡村振兴，以“城头山文创基地”发现文明源头，以“朱氏文化促进会”致敬家国，以“陈式太极文化研究院”弘扬国术。以王景、王东常、何定球、谭演湘、谭必清等文艺家工作室出作品、出人才。

阳春布德泽，万物生光辉。

太阳每天都是新的。

新年维新，唯有创新，为奋力谱写新时代中国特色社会主义湖南文艺新篇章、建设现代化新湖南砥砺前行。

万里江山笔下生

——“绿水青山就是金山银山”大美潇湘大型系列山水画展述评

湖南，雅称“潇湘”。

潇湘是画。苏轼观画：“西征忆南国，堂上画潇湘。照眼云山出，浮空野水长。”

潇湘是诗。陆游赋诗：“挥毫当得江山助，不到潇湘岂有诗？”

“画是无声的诗，诗是有声的画。”如诗如画，大美潇湘。“绿水青山就是金山银山”大美潇湘大型系列山水画展，由中共湖南省委宣传部、中国美术家协会、中国美术馆、湖南省文学艺术界联合会共同举办，荟萃《大江交响》之壮美、《天下洞庭》之丰美、《湘江北去》之至美、《资润江山》之奇美、《沅水奔流韵潇湘》之幽美、《澧水泱泱》之醇美、《多彩浏阳河》之和美共7幅长卷，一并展出6件特邀作品、29件入展作品。各美其美、美人之美、美美与共，为湖南山水画像、为大美潇湘立传、为社会主义现代化新湖南明德，写生湖南形胜大观、汇聚湖南文脉大成，践行湖南时代大计，谱写“万里江山笔下生”的诗画华章。

2023 年 10 月 28 日，“大美潇湘——大型系列山水画展”在中国美术馆开幕。中国艺术报金涛摄影

山水如画，彰显潇湘自然之美

湖南三面环山，位于长江中游，拥有长江 163 公里“黄金水道”和被誉为“长江之肾”的洞庭湖，东面为幕阜山—罗霄山，南面为南岭，西面为武陵山—雪峰山。境内河网密布，湘江、资江、沅水、澧水四水及其支流汇入洞庭湖、通长江、奔东海。

长江澎湃，洞庭浩渺，幕阜—罗霄峥嵘，南岭逶迤，武陵—雪峰嵯峨，湘江流深、资江澄澈、沅水激浪、澧水涌波，“一江一湖三山四水”如此多娇。

2023 年 10 月 28 日，“大美潇湘——大型系列山水画展”学术研讨会在中国美术馆举行。中国艺术报金涛摄影

仁者乐山，智者乐水。山水，中国人永恒的心灵图腾。

九百多年前，潇湘山水迎来了度支员外郎宋迪。宋迪“工画，尤善为平远山水，其得意者有平沙雁落、远浦帆归、山市晴岚、江天暮雪、洞庭秋月、潇湘夜雨、烟寺晚钟、渔村落照，谓之八景”。

“潇湘八景”最早由宋初山水画大师李成所作，作为一个超越地域和历史范畴的美学意象，成为千百年来历代文人墨客创作的文化母题与图式，造就了中国山水画别开生面、自成一派的“潇湘山水”。

宋代大书法家米芾曾为李成《潇湘八景图》题诗写序：“洞

庭南来，浩淼沉碧，叠嶂层岩，绵衍千里，际以天宇之虚碧，杂以烟霞之吞吐，风帆沙鸟，出没往来，水竹云林，映带左右，朝昏之气不同，四时之候不一，此则潇湘之大观也。”

明代茶陵诗派核心人物李东阳在《南巡图记》中为家乡湖南代言，点赞湖南为“天下巨藩”，名山、大泽“为形胜之会，其上则奇峰峻岭，回滩激濑，人迹不能及；下则连山洪涛，千叠百折，其势若排云而降；远则平原沃壤，蔓延映带，茫然不绝。益天下之奇观备矣”。

大美潇湘，山水如画。清代黄之隽在《泛舟潇湘记》中写道：“大抵潇湘之间，水纹石皴，岸容树态，真化工之为画工，予泛舟于其中，侮未学画矣。”

亦如宗白华所言：“艺术家以心灵映射万象，代山川而立言，他所表现的是主观的生命情调与客观的自然景象交融互渗，成就一个鸢飞鱼跃、活泼玲珑、渊然而深的灵境。”

因此，朱训德、康移风、魏怀亮、卿可钧、梁峰、方笑、秦晓唱响“长江之歌”，合奏《大江交响》，线条的激越与色彩的蓬勃相得益彰，“构筑出感同身受的共情共振，格局之大、情怀之大，深沉醇厚；内涵之美、色泽之美，浸润人心。”

刘云、戴剑、王翔、张雯、陈稳、黄龙以湖为镜，映照古今，《天下洞庭》大开大合，“重睹生态洞庭、呈现文旅洞庭、绽放艺术洞庭”，一览巴陵胜状。

王金石、石纲、石劲松以“气韵生动的艺术美”“贯天通地的精神美”“敢于创新的时代美”，复苏潇湘经典美学，重构“不废江河万古流”的哲学维度，从“湘江源”开笔，为“母亲河”传神，以一湾碧水、千山秀色、四时佳气、漫江烟云，共舞《湘江北去》。

陈湘金、阳先顺、谭长德以新青绿山水诠释自然山水质感，水墨氤氲，云气蒸腾，抒写《资润江山》，“构思、着墨、挥毫、成图等一气呵成，纯粹自然，气势宏伟、浑然天成。”

杨鎏漩、李昀蹊、孙小浦、田绍登、何俊、陈慧钧、吴新华、张潮、彭元武、杨国平应目会心，创新水墨图式。城市向上，山高水长，苗乡侗寨，美轮美奂，“描出了山水之情，皴出了时代之境，韵出了大美之心”，逐浪《沅水奔流韵潇湘》。

周华平、吕道建、刘剑峰、汪文生、旷小津、袁绍明全景呈现澧水流域千里江山、千年文脉、千种风华，气象万千。“写生与传神互鉴，自然的山水与山水的自然合而为一。笔墨竞秀，辉映山川”，品读《澧水泱泱》。

李亚辉、王晓冰、林康民、熊孝勇、周石山、汤远志、朱爱莲以独特视角，墨彩交融，写意《多彩浏阳河》，“全景式多层次表现浏阳河的风貌、人文、历史、精神，翻开了浏阳河绘画史新的一页。”

山水媚道，汇聚潇湘文化之美

一方山水养一方人。

刘禹锡谪居朗州（今常德）十年，深谙湖南山光水色。他说：“潇湘间，无土山，无浊水，民秉是气，往往清慧而文。”

于是，曾国藩为《湖南文征》作序时直抒胸臆：“湖南之为邦，北枕大江，南薄五岭，西接黔蜀，群苗所萃，盖亦山国荒僻之亚。然周之末，屈原出于其间，《离骚》诸篇为后世言情韵者所祖。逮乎宋世，周子复生于斯，作《太极图说》《通书》，为后世言义理者所祖。两贤者，皆前无师承，创立高文。上与《诗经》《周易》同风，下而百代逸才举莫能越其范围。”

钱基博在《近百年湖南学风·导言》中更是高度肯定湖南山水对湖南文脉的巨大影响：“人杰地灵，大德迭起，前不见古人，后不见来者，宏识孤怀，涵今茹古，罔不有独立自由之思想，有坚强不磨之志节。湛深古学而能自辟蹊径，不为古学所囿。义以淑群，行必厉己，以开一代之风气，盖地理使之然也。”

文以载道，点睛文脉。

虞舜《南风歌》：“可以解吾民之愠兮。”屈原《湘夫人》：“沅有芷兮澧有兰，思公子兮未敢言。”元结《大唐中兴颂（有序）》：“湘江东西，中直浯溪，石崖天齐。可磨可镌，刊此颂焉，于千万年。”范仲淹《岳阳楼记》：“先天下之忧而忧，后天下之乐而乐。”周敦颐《太极图说》：“圣人定之以中正仁义而主静，立人极焉。”吴澄《岳麓书院重修记》：“自此之后，岳麓之为书院，非前之岳麓矣，地以人而重也。”王夫子《船山记》：“吾终于此而已矣。”李发甲《再请改建南闱疏》：“湖南未吐之才华，尽发文明之气象。”魏源《〈海国图志〉叙》：“师夷长技以制夷。”曾国藩《求阙斋记》：“于是名其所居曰‘求阙斋’，凡外至之荣，耳目百体之嗜，皆使留其阙陷。”谭嗣同《兴算学议》：“变法必先从士始，从士始必先变科举，使人人自占一门，争自奋于实学。”杨度《湖南少年歌》：“若道中华国果亡，除是湖南人尽死。”毛泽东《沁园春·雪》：“数风流人物，还看今朝。”

画者，文之极也。

城陵矶、江鸥、“中国”号巨轮，屈子祠、幕阜山、岳阳楼、君山，九嶷山、南岳、韶山、刘少奇故居、彭德怀故居、橘子洲、岳麓书院，崀山、魏源故居、梅山、安化茶马古道，洪江古商城、黔城、芷江、恭城书院、芙蓉镇、凤凰古城、十八洞村、矮寨大桥、桃花源，贺龙元帅故乡洪家关、天门洞、夹山寺、城头山，秋收起义纪念（馆）、胡耀邦故居、锦绶堂……“绿水青山就是金山银山”——大美潇湘大型系列山水画展以“山之魂”“水之灵”为经纬，从“山水以形媚道”中点睛湖南“古道圣土”“屈贾之乡”“潇湘洙泗”的人文坐标。

“图绘者，莫不明劝诫、著升沉，千载寂寥，披图可鉴”。一图揽千年，潇湘三万里。大美潇湘大型系列山水画展致敬先贤，对话山川，透过画卷，日破云涛，月临星汉，俊采星驰，斯文在兹。

山水为师，表现潇湘时代之美

圣人之治，其枢在水。

2018 年 4 月 25 日，习近平总书记勉励湖南继续做好长江保护和修复工作，坚持共抓大保护、不搞大开发，“守护好一江碧水”。

2019 年 9 月 18 日，习近平总书记在黄河流域生态保护和高质量发展座谈会上强调：“禹之决渎也，因水以为师。”大禹之所以能成功治理水患，原因在于尊重规律。

“绿水青山就是金山银山。”湖南大力开展治水行动，全力“守护好一江碧水”，全省水生态环境持续好转，绿色发展活力迸发。

2023 年 10 月 12 日，习近平总书记在进一步推动长江经济带高质量发展座谈会上指出，深入发掘长江文化的时代价值，推出更多体现新时代长江文化的文艺精品。积极推进文化和旅游深度融合发展，建设一批具有自然山水特色和历史人文内涵的滨江城市、小城镇和美丽乡村，打造长江国际黄金旅游带。

以文塑旅，以旅彰文。

湖南画家从湖南的山水出发，深入贯彻习近平生态文明思想和习近平文化思想，以山水为师，心怀“国之大者”，践行“省之大计”，围绕湖南文旅“五张名片”精心创作出精品，为湖南实现“三高四新”美好蓝图贡献文化力量。

明代画家王履画华山，主张深入自然，师法造化，从真山真水中汲取素材，自言“吾师心，心师目，目师华山”。

“绿水青山就是金山银山”——大美潇湘大型系列山水画展笔墨生辉，守正创新，山水为师，擘画蓝图。

刘云《暖日和风·之一》、田绍登《水墨夯沙》、付红《百里澧水绿映红》、吕道建《苍莽云啸》、李万峰《武陵秘境》、李月秋和曾彦《铿锵邵阳》、李昀蹊《山峦叠秀》、杨正良《家山春早》、杨国平《瑞雪纷华》、陈稳《闲上山来看野水，忽于水底见青山》、周华平《云水风流》、周泽恩《雄姿秀色》、赵溅球《洞庭芦山》、钟岚《层林尽染》、袁绍明《寻梦》、康移风《武陵秋境》、曾进《湘山多秀色，碧水共烟云》、戴剑《吾伴洞庭系列》等作品以习近平生态文明思想为指引，思辨人与自然，建设美丽湖南。

旷小津《日出东方——世界自然文化遗产·张家界》，王金石、石纲、石劲松《苍翠青山十八洞》《红色潇湘·伟人故里将帅之乡》，谭长德《南岳如飞》，孙小浦《古寨春晖》，李亚辉《崀山松云》，张雯《幕阜仙风》，陈湘金《春拂梅山》，胡立伟《文家市秋韵》，晏铭《酃峰飞动党旗扬》，徐宗建《锦绣湖南·桃花源》等作品抵达诗与远方，为湖南经济社会高质量发展注入文旅活力。

阳先顺《湘中记》、陈丽《美丽湘西》、姜建清《万水千山总关情》、凌检《花田赋之九》、雷宪和《乡风楚韵》、廖理邦《湘中记》等作品见胸中之丘壑，成笔下之大美，用心用情用力画出湖南乡村振兴新画卷。

——原载 2023 年 10 月 27 日《湖南日报》

澧水泱泱　大道汤汤

——评山水画长卷《澧水泱泱》

湖南，又名潇湘，山水多娇，文气踔厉。

湖南画家周华平、吕道建、刘剑峰、汪文生、旷小津、袁绍明从湖南山水出发，为湖南山水立传，合作“大美潇湘”大型系列山水画长卷之《澧水泱泱》。笔墨峥嵘，意象纵横。澧水大美，蔚然大观。

一千五百年前，宗炳写出中国历史上第一部山水画论《画山水序》，提出了“山水以形媚道”的著名法则。

大美潇湘，澧水泱泱，大道汤汤。

以水问道，大道归一。

明代唐志契于《绘画微言·山水性情》论曰：“凡画山水，最要得山水性情。”《澧水泱泱》创作团队历时年余，问道澧水，触摸大地，历经澧水北源八大公山、湘鄂边境“丝绸之路”五道水、千年古镇苦竹寨、贺龙元帅故乡洪家关、“峰林之王”天子山、天地奥区黄石寨、世界海拔最高的天然穿山溶洞天门洞、张家界荷花国际机场、“百里画廊”茅岩河、“高峡平湖”江垭水库、“湖南屋脊”壶瓶山、“禅茶一味”夹山寺、“江南红旗渠”青山水轮泵站枢纽工程、

"中国最早的城市"城头山、"九澧门户"津市港，进行写生考察，"于真山真水上探讨"，以造化为师，与山水对话。周华平的丘壑内营、吕道建的林泉之心、刘剑峰的纵意山水、汪文生的技道并进、旷小津的继往开新、袁绍明的忘我之境，写生与传神互鉴，自然的山水与山水的自然合而为一。笔墨竞秀，辉映山川。

以水载道，大道行思。

宋代郭熙《林泉高致·山水训》写道："世之笃论，谓山水有可行者，有可望者，有可游者，有可居者。画凡至此，皆入妙品。"澧水流贯湖南省西北部，南以武陵山脉与沅水分界，汇南、中、北三源，经桑植县、永顺县、永定区、慈利县、石门县、临澧县、澧县、津市市，在津市小渡口汇入洞庭湖。人类社会的发展史就是一部择水而居、依水而生、得水而安、治水而兴的历史。澧水流域涵盖了山地、丘陵、平原三大基本地形，是长江中下游平原人类文明重要发源地之一，孕育了举世闻名的"张家界地貌"和"澧水文化类群"。屈原行吟，上下求索，"沅有芷兮澧有兰。"柳宗元盛赞"自汉而南，州之美者十七八，莫若澧"。《澧水泱泱》山水画长卷一气呵成，全景呈现澧水流域千里江山、千年文脉、千种风华，水墨氤氲，山川磅礴，时空邈远，气象万千。透过画卷，仿佛见无数意气风发的文人墨客与指点江山的革命志士迎面而来，俊采星驰，斯文在兹，文运天开，一脉传承。

以水弘道，大道如砥。

唐代张彦远《历代名画记》开篇即言："夫画者，成教化，助人伦，穷神变，测幽微，与六籍同功”。澧水流域古称“九澧之域”，“东临洞庭，西邻峒徼，势当咽喉，环列屯种”，为“荆岳一带重地”。明万历年间，津市港已是千户之聚。清同治年间，津市港水运直通江汉平原，“舳舻蚁集，商贾云辏，连阁千重”，与长沙、湘潭、衡州、常德、益阳、岳州、洪江并称省境八大商业都市。《澧水泱泱》着力凸显澧水流域港口、机场、城市、电站等时代地标，水墨与青绿交融，深入践行“绿水青山就是金山银山”的重要论断，以人文初心叩问江河，从历史的纵深处擘画美丽中国，为澧水立传、为山水画像、为时代明德。

澧水泱泱，大道汤汤，源远流长，奔向远方。

——原载 2022 年 10 月 26 日《中国艺术报》，此文与廖悦雯合作

何以不朽

——纪录片《马王堆·岁月不朽》述评

2024年8月12日，纪录片《马王堆·岁月不朽》宣传片发布："向上，是两千多年前的日与夜；向下，是一个无人惊扰的梦境。我们上下穿行，是在求索历史，也是在邂逅远去的西汉。那里，岁月长青，文明不朽。"

向上与向下，历史与未来。

浪漫与敦朴，巨丽与庄严。

这是一场穿越两千多年岁月的对望。

纪录片《马王堆·岁月不朽》由中共湖南省委宣传部指导，湖南博物院特别支持，芒果伯璟、伯璟文化制作，分《惊世》《辛追》《古国》《侯门》《锦绣》《黄老》《归宿》《不朽》八集，讲述马王堆汉墓的发掘、保护、研究、展陈。

文物和文化遗产是历史文化的记忆。

纪录片《马王堆·岁月不朽》以马王堆文物与湖南省博物馆为创作主体，梦回西汉，以"何以不朽"阐发岁月不朽、精神不朽、文明不朽，回眸湖湘文脉的瑰丽芳华，鼎立湖湘文明在中华文明中的地位。

以史为鉴，为时间立言

1972 年 1 月 16 日，考古工作者在长沙马王堆启动了对西汉长沙国丞相、轪侯利苍与其妻辛追、其子利豨三座墓葬的考古发掘。

这次考古发掘被誉为“20 世纪中国与世界最重大的考古发现之一”——长眠地下两千多年的一号墓女主人辛追夫人出土时，“皮下软组织柔软而富弹性，关节尚可活动。眼睫毛、鼻毛尚存，左耳鼓膜完好，手指、脚趾纹清晰。”

纪录片《马王堆 · 岁月不朽》这样赞叹这位“老太太”：“成了人类历史上的一个奇迹。”

1974 年，湖南省博物馆建成一座 3000 多平方米、当时亚洲最先进的恒温恒湿带仓库性质的马王堆汉墓陈列馆，令世界瞩目。

2017 年 11 月 29 日下午 1 点，湖南省博物馆新馆正式开放。

欲知大道，必先为史。

纪录片《马王堆 · 岁月不朽》由纪录片《中国》原班人马倾力打造，又一次镜鉴了湖南广电对文化传承一以贯之的深刻理解与生动实践——这是对马王堆汉墓考古发掘 50 周年的深情致敬，也是以史为鉴，为时间立言的文化宣示。

以史为“见”，为家国立传

资料显示，经全面系统的整理和研究，马王堆汉墓出土文物包括马王堆古尸（辛追夫人遗体）和漆木器、纺织品、简帛三大主要门类，共整理出 26937 件文物。

纪录片《马王堆·岁月不朽》第三集《古国》与人偶、轪侯之印、简牍帛书、漆奁、汉琴、兵器架、驻军图、长沙国南部地形图、车马仪仗图、遣策等文物进行古今对话：“它们承载了一个家族的荣光，也见证了诸侯国长沙以及汉帝国从萧瑟的初年逐渐走向兴盛，墓葬群整体占地面积不到 1000 平方米，其中折叠的文明却几乎涵盖了西汉以前整个中国的历史。”

列夫·托尔斯泰说：“历史是国家和人类的传记。”

纪录片《马王堆·岁月不朽》创新拍摄手法，将纪实拍摄、绘画与CG特效完美融合，以科技力量复苏西汉美学，以“在场性”抵达岁月彼岸，赋予历史文本以日常的温度。

由“文物”到“人物”，由“人物”到“生活”，由“生活”到“文明”，“文化+科技”超越了视野的边界，历史的心跳生生不息。

纪录片《马王堆·岁月不朽》以史为“见”，为家国立传，“两千一百多年前的少年中国”才如此真实到触手可及。

以史为“建”，为人民立心

历史是最好的教科书。

据不完全统计，参观马王堆汉墓文物的人数累计突破1亿人次。

纪录片《马王堆·岁月不朽》第五集《锦绣》写意“世界上最轻的一件衣服”——素纱单衣，演绎“人与自然”的共创，辉映文明的蝶变与合璧。

因此，“对中国人来说，丝有两种，一种来自自然，一种来自内心”便有了皈依与自信的含义了。

斯文在兹，文明日新。

纪录片《马王堆·岁月不朽》守正创新，以史为“建”，为人民立心，为“何以不朽”提供历史纵深，建构新的时代维度。

一万年来谁著史

——《万古长歌：湖南史前文明图卷》述评

《万古长歌：湖南史前文明图卷》（局部）

两千多年前，司马迁壮游天下，深入湖湘大地，“窥九嶷，浮于沅湘”，又“适长沙，观屈原所自沉渊”。他在巨著《史记》中记载了华夏文明始祖黄帝“南至于江，登熊、湘”，中华道德始祖舜帝“南巡狩，崩于苍梧之野，葬于江南九嶷，是为零陵”，并为流放于湖南的屈原、贾谊作《屈原贾生列传》。

“曰：遂古之初，谁传道之？上下未形，何由考之？”屈原行吟沅澧，彷徨川泽，上下求索，发《天问》之问。

大湖之南，道已萌芽。

研究表明，距今 258 万年前，地球进入新生代第四纪，随着全球性气候变化与海陆变迁，哺乳动物和被子植物快速发展，人类的出现成为第四纪生物发展史上最重大的一次飞跃。湖南现今自然地貌的总体格局也在第四纪基本定型。

人类的历史，就是人类自身和人类社会发展的历史——“随同人，我们进入了历史。”恩格斯如是说。

2022 年 5 月 27 日，习近平总书记在中共中央政治局就深化中华文明探源工程进行第三十九次集体学习时强调，经过几代学者接续努力，中华文明探源工程等重大工程的研究成果，实证了我国百万年的人类史、一万年的文化史、五千多年的文明史。

万古长歌，以史明理，以“何以湖南”致敬“何以中国”

湖南是中华文明最重要的发源地之一，是中华文明探源工程重点考察和实施的地区。

大道之行，万古长歌。

2023 年 12 月 18 日，由湖南省文化和旅游厅指导、湖南省文物局主办、湖南省文物考古研究院承办的“万古长歌——湖南史前文明图卷作品展”首展在湖南美术馆开幕。

《万古长歌：湖南史前文明图卷》作为湖南省文化和旅

游专项资金支持、湖南省文物考古研究院组织实施的“洞庭史诗·澧阳平原史前社会文明化进程大型国画长卷创作与主题展览”项目最重要的成果，其意义不言而喻。

“稻作兴源，城邦立建。洞庭湖之澧阳平原焕发出的生命力是构成早期中国文化圈的重要组成部分，是中华民族多元一体文明进程的深度参与者和积极贡献者”——《万古长歌：湖南史前文明图卷》聚焦人类史、文化史与文明史实证追溯的艺术呈现，以史明理，以“何以湖南”致敬“何以中国”，生动展示湖南考古工作高质量发展所取得的重要成就，深情讴歌湖南先民筚路蓝缕、以启山林的进取精神，为湖南先民在中华文明多元一体的伟大历史进程中所创造的灿烂文化立传。

万古长歌，以画载道，以“何以连续”聚焦“以何连续”

2023年6月2日，在文化传承发展座谈会上，习近平总书记把“中华文明具有突出的连续性”放在中华文明突出特性的第一位。

泱泱中华，汤汤湖南。

《万古长歌：湖南史前文明图卷》以大历史视野察古观今，分“最早的湖湘先民：逐水而行与狩猎”“从山岗到平原：人类文化发展萌芽”“彭头山：稻作起源与定居”“高庙：绽放认知与信仰之光”“城头山：稻作农业走向成熟和城的诞生”“鸡叫城：澧阳平原上的古国气象”“孙家岗：

聆听华夏浪潮之声”七个篇章，以在湖南发生的里程碑式的文明演进大事件为经纬，复苏距今约 50 万年至 4000 年前湖南先民生生不息的历史图景。

《万古长歌：湖南史前文明图卷》由一级美术师、湖南省文史研究馆馆员、湖南当代中国画创作院院长康移风领衔，组织邹力农、刘苏斌、吴金球、秦晓、陈正泉等画家坚持“充分尊重考古发现、艺术还原史前文明”的创作原则，现实主义和浪漫主义相映生辉、具象和意象合而为一、叙事性和故事性相得益彰、艺术性和知识性水乳交融，以画载道，以“以何连续”聚焦“何以连续”。

《万古长歌：湖南史前文明图卷》长 140 米，高 1.8 米，堪称鸿篇巨制，是“湖南史前文明千里江山图”。

湖南省文联副主席、湖南省美协主席旷小津以“百米画卷有形，万古长歌不绝”点赞：“澧阳平原星罗棋布的史前文明遗址，完整地演绎了一万年以来的区域文化谱系。有关长江中游史前文明最基本的文化基因在此不仅有迹可循，而且稳定连续，一路延绵不绝，实属罕见。文物和文化遗产是人类社会历史发展进程中保存下来的物质和文化财富，是国家历史文明的记忆，也是传承民族文化基因不可替代的载体。让更多文物和文化遗产活起来，通过文物的发掘、研究和保护工作，更好地传承中华优秀传统文化，传承文化根脉、弘扬中华民族文明是每一个美术工作者的时代使命。”

湖南省文化和旅游厅党组成员、湖南省文物局局长姜猛高度肯定《万古长歌：湖南史前文明图卷》的重要意义和价值。他说，这不仅是对文化遗产的有效保护、传承、阐释和传播，有利于讲好中国故事、增强中华文明传播力影响力，还可用于支持遗址所在城市文旅开发，为编制研学读本、展览展示、数字化应用以及特色化文旅产品开发奠定良好基础，助力打造农耕文化旅游品牌和中华文明探源旅游精品线路，推动文旅融合发展，推进湖南打造世界旅游目的地。

万古长歌，以文化人，以“以何自信”坚定“何以自信”

“洞庭史诗·澧阳平原史前社会文明化进程大型国画长卷创作与主题展览”项目旨在深入落实中共中央宣传部、文化和旅游部、国家文物局《关于学习贯彻习近平总书记重要讲话精神 全面加强历史文化遗产保护的通知》精神，践行“保护第一、加强管理、挖掘价值、有效利用、让文物活起来”的新时代文物工作方针，不断提高遗产价值挖掘阐释和传播推广水平，让文物说话、让历史说话，更好发挥历史文化遗产以史育人、以文化人、培育社会主义核心价值观的优势作用。

八荒同日月，万古共山川。

《万古长歌：湖南史前文明图卷》创作团队行程数千公里采风调研，足迹遍布湖南省内重大考古遗址，精益求精，画说湖南：湖南道县福岩洞遗址出土 47 枚具有完全现代人特征的人类牙齿化石，这是我国境内发现的最早的现代人证据，也是迄今为止东亚地区发现的最早的现代人遗存。玉蟾岩遗址发现距今 18000 年左右的陶片和距今 14000 年前后的稻谷，为探讨陶器起源、农业起源的世界性学术问题提供了十分重要的考古证据。澧县彭头山遗址是长江中游地区目前已知最早的新石器时代文化遗址，其年代距今 10000—8000 年，是早期稻作农业定居聚落的典型代表之一。7000 多年前，高庙文化陶器上的太阳、八角星、凤鸟、獠牙兽面、神面等纹饰图像，引发了史前中国第一次艺术浪潮，这对追溯我国宗教祭仪活动的起源和发展具有重要意义。6300 年前，城头山史前古城在今湖南省澧县横空出世，这是目前被学术界公认的中国最早的城市。5000 年前，城头山东北方向澧水支流涔水南岸的鸡叫城崛起，遗址出土了中国最早、最完整的超大型木构建筑基础……

我国最早的绘画论著《古画品录》论曰："图绘者，明劝诫，著升沉，千载寂寥，披图可鉴。"

笔墨生辉，丹青焕彩。

《万古长歌：湖南史前文明图卷》力求全景再现湖湘史前文明波澜壮阔的演变进程，唱响中华文明"湖南篇"的新乐章。

2023 年 10 月，全国宣传思想文化工作会议正式提出习近平文化思想，彰显党的历史自信、文化自信达到了新高度。

中华文明历经数千年而绵延不绝、迭遭忧患而经久不衰，这是人类文明的奇迹，也是我们自信的底气。

"乐鉴百代，惊世文章"——从某种意义上来说，《万古长歌：湖南史前文明图卷》创作团队在图卷上的题跋所展示的文化自信，正是对湖南“悠久的历史文化”的写照。

“对历史最好的继承就是创造新的历史，对人类文明最大的礼敬就是创造人类文明新形态。”

新时代，新征程。湖南文化工作者以“以何自信”坚定“何以自信”，以守正创新的正气和锐气，赓续历史文脉，谱写当代华章。

【陆】

赵涛作品《平安图》

慷慨歌未央

——谈金沙的歌词

时间是最伟大的书写者，总会忠实地记录下奋斗者的足迹。

金沙创作的大量歌词，几乎每首都标注了创作时间和地点，其中尤以“长沙老木屋”居多。

2014年7月7日，金沙于长沙老木屋写下《说说老木屋》一文，并作为《金沙歌词选》一书的自序。他这样写道：“我出生不久就被过继到大山中一座宁静而温暖的老木屋里。我从来不曾怀疑过用一生爱我疼我的父母是不是亲生父母，他们仿佛门前的青青翠竹，将我这棵移栽来的小竹笋，骨肉相连地嫁接在他们血脉的竹鞭上，用山野五谷与山歌俗语养育我，让我和与生俱来的文学梦想幼芽，在老木屋这个岩缝里不知艰苦地快乐生长。”

因此，“老木屋”既是金沙的乡土故园，更是他歌词创作的精神家园。

“我爱我的小山村，这片山水总让我心潮滚滚。山间的河流喂我乳汁，山谷的回声喊我乳名，驼背的拱桥背我上学，挺立的高山教我做人。我的小山村，你那弯弯缠绕的山路，就是我生命的根……向你深深鞠躬的稻穗，就是我感恩的心。”（《我爱我的小山村》）金沙从老木屋出发，自小山村远行，坚守初心，上下求索，笃行致远，歌唱家乡、歌唱真情、歌唱时代。

飞歌——为湖南立传

湖南，洞庭涌波，三山逶迤，四水奔流，大地飞歌。

国学大师钱基博在《近百年湖南学风·导言》中赞叹湖南“有两巨子焉”：其一楚之屈原，著《离骚经》，以香草美人为比兴，以长言永叹变四言，铿锵鼓舞，于三百篇之外，自成风格。其一宋之周敦颐，作《太极图说》《通书》，倡理学以开宋学程朱之性理。

湖南文脉，源远流长，生生不息，历久弥新。

金沙生于湖南、长于湖南，传承楚风，致敬先贤，创作了《湘江飞出一首歌》《湘江北去》《美丽湘江》《我像杨柳爱恋着你》《夹山寻梦》《湘夫人》《湘妃竹》《香草美人》《海国图志》《我是魏源故乡人》《茶香悠悠醉天下》等许多优秀作品，以歌词为湖南立传。

“吾道南来，原是濂溪一脉；大江东去，无非湘水余波。”（清代王闿运·岳麓书院对联）湘江，是一条流淌着文脉、流淌着思想、流淌着哲学的河流，也是金沙反复歌咏的澎湃着激情、澎湃着梦想、澎湃着生命的河流。

“白鹭衔云朵，春风唱碧波，湘江飞出一首歌。”《湘江飞出一首歌》（黎晓阳作曲）以“飞”开篇，一飞冲天，曾获中宣部第十三届精神文明建设“五个一工程”奖。作品灵感源自2006年在湖南崀山采风时见夫夷江上一群白鹭振翅掠起浪花，通过七年多次打磨修改和推倒重来，直至2013年初春才最终完成定稿，经吴碧霞录制推出，才奉献出这一被国内权威专业人士评价为“民族音调与花腔技术相结合的标杆性”的作品。“中流击水的好儿女，开一条橘子洲的大船乘风远航。”《湘江北去》（孟勇作曲）视野恢弘，境界高远。《美丽湘江》（孟勇作曲）是新时代礼赞湘江的代表性作品，雷佳曾两次在湖南卫视春晚演唱。为创作这首歌，金沙苦苦思索一个多月，并在湘江猴子石大桥守望整整三天，与湘江对话，与大地谈心，与城市共舞，以“绿色的晨雾拥抱红太阳，绿色的春潮奔向大海洋”点睛湘江之大美。

“缠绕你烟雨迷蒙的山溪旁，飘荡你芳草鲜美的桃花岸。守候你繁华千年的大码头，拥抱你风情万种的大河湾。”《我像杨柳爱恋着你》取材于刘海砍樵、武陵渔人初入桃花源的故事发源地——常德武陵古城。歌词借最具水乡典型形象特征的杨柳，巧妙融入当地自然与人文元素，描绘了一幅美轮美奂的水乡之春画卷，抒发了人人心中皆有的热爱、赞美、建设家园的真挚情感与共同心声。

“暮闻千年的鼓，朝听万年的钟。春沐唐时的雨，秋浴宋时的风”（《夹山寻梦》），“你悠悠地划动双桨，洞庭就摇起八百里波浪。你轻轻的一声呼唤，三湘四水就奔向长江”（《湘夫人》），“一壶洞庭泡春秋，千江日月品精华”

（《茶香悠悠醉天下》），折射出金沙对歌词创作民族性、地域性、现代性的美学追求。

余光中说，蓝墨水的上游是汨罗江。

金沙的《香草美人》直接借用屈原创造的意象，古今互鉴。“香草美人今何在，沿着爱的诗行我依偎汨罗江。你种下的遍地花，千年万年芬芳我心上”，热情歌颂了词家对高尚境界的追求，对美好生活的向往，也蕴含着对诗意汨罗江的无尽赞美。

《邵阳文库·金沙卷》载有尹晓星《金沙歌词创作艺术追求探微》一文，文章高度评价了金沙“歌词创作实践致力于守真、扬善、铸美，一字字，一行行，一首首，执着追求与时代脉搏、人民呼吸同频共振，成为超越时空的强音”。在论述“美在精短”时，以金沙《海国图志》举例——表现广博而精深意蕴、讴歌近代伟大思想家、文学家、资产阶级改良主义先驱魏源的《海国图志》（陈经荣作曲）一词，仅用99字，将魏源乃中国第一个“睁眼看世界”之学者风采，与“师夷长技以制夷”的理论精神，经男高音歌唱家刘淮保以感悟深厚的历史文化而获得人文情愫的歌唱演绎而撼人心魄。“东边太阳，西边月亮，绿地有界，碧海无疆……睁开眼睛看世界，世界就扛在我肩上。”蒋大为老师审听这首作品录音后，誉之为“字字珠玑、声声天籁。”

“我下海敢破千重浪，我上山能驾万里云。我张口就唱风流歌，我挥笔就写千古文。”金沙这首《我是魏源故乡人》（邹清华作曲）与《海国图志》有异曲同工之妙，也映照出金沙的自我期许。

长歌——为心灵画像

中国最早的经典音乐理论著作《乐记》指出:“诗言其志，歌咏其声，舞动其容，三者本于心，然后乐器从之。”

德国古典哲学家黑格尔在他的《美学》巨著里把音乐称为“灵魂的语言，灵魂借声音抒发自身深邃的喜悦与被爱”。

感人心者，莫先乎情。从这种意义上来说，音乐就是心灵的图像，是人类情感最完美的表达。

金沙是一位为“情”而长歌的词作家。他歌唱爱情、亲情、乡情、友情，创作出《阿妹出嫁》《苗家小妹》《梦回桃花坪》《苗岭的月亮》《红叶子，绿叶子》《湘妃竹》《呜哇山歌》《尖尖歌》《我的张家界》《留客歌》《苗乡多美丽》《莽山红》《望云山》《故乡的酒》《永远的牵挂》等大量精品，以歌词为心灵画像。

“阿妈的乳汁把我喂养，阿妈的背篓把我背大，出嫁了谁给阿妈梳白发，出嫁了谁与姊妹说悄悄话”，金沙创作的这首《阿妹出嫁》（孟勇作曲）取材于湘西土家族苗族传统婚俗“哭嫁”，诗意地塑造了阿妹出嫁的动人形象、细腻地刻画了阿妹出嫁前的心理活动，作品经陈笠笠在第 11 届全国青年歌手电视大奖赛中演唱传出，深受人民群众尤其是声乐演唱者喜爱，迅速成为全国大学普遍选用的声乐教材和全国各种声乐比赛的女声选用曲目，成为颇具中国风格的新民歌代表作品。阿妹哭嫁写的是喜到极致的“喜哭”，他写的《湘妃竹》是悲到极致的“悲哭”，“湘妃竹、湘妃竹，哭了千年也断不了愁，洞庭是你的一滴泪，望不穿的云水总在眼里头”，歌词以娥皇女英二妃寻夫为题材，歌颂了千古不渝的忠贞爱情。

“太阳呜哇呜哇升起，阿妹呜哇呜哇挑花。挑绿了满山坡的藤缠树，挑绿了遍地燃烧的金银花。挑一把羞答答的小花伞，撑开了一伞悄悄话。”这首根据国家级非物质文化遗产原生态花瑶（瑶族的一支）呜哇山歌创作的《呜哇山歌》（孟勇作曲），抒发的是对花瑶儿女爱情甜蜜、生活幸福的赞美之情，经传唱后成为全国声乐比赛的男声曲目。

“一山石头一山树，一山云彩一山雾，一山流泉挂飞瀑，一山花香醉鸟语，一山明月照清风，一山阳光哺万物……一山木叶吹恋曲，一山竹篓背日出……”金沙创作的这首《我的张家界》（邓东源作曲）构思奇巧、摹写传神，影响较为广泛，被用作大学旅游文学教材。他年不负青山约，碧草瑶花鉴此心。作家彭学明称赞《我的张家界》是“让人陶醉的天籁之声”，楚辞学家易重廉充分肯定歌词的风格：“语言通俗，却不失高雅；感情朴实，却又不失深邃。”

“青青高山尖尖，青青茶树尖尖。妹妹手指尖尖，妹妹采茶尖尖。手指尖尖茶尖尖，采你哥哥心尖尖。”金沙在大型跨界融合情景歌舞剧《那山那水那乡愁》中创作的采茶《尖尖歌》以高度凝练的意象，笔底生花，为两颗相爱的心灵画像。

南朝刘勰《文心雕龙》论曰：“写气图貌，既随物以宛转；

属采附声，亦与心而徘徊。故‘灼灼’状桃花之鲜，‘依依’尽杨柳之貌，‘杲杲’为出日之容，‘瀌瀌’拟雨雪之状，‘喈喈’逐黄鸟之声，‘喓喓’学草虫之韵。”由是观之，金沙《尖尖歌》真乃妙词。

山高水长，亲情绵绵，乡情悠悠。“撩开垂柳的窗纱，那是妈妈在为我晾晒着衣褂；倾听春夜的蛙鼓，那是妈妈在为我讲着催眠的童话”，从乡野走出来的金沙，故乡的一草一木都是他《永远的牵挂》。2009 年 2 月 19 日凌晨，金沙于长沙老木屋创作《望云山》时，念想着故乡的山水、故乡的人，向家山深情告白：“望云山，我的美丽新娘，我是你婚纱上的那片烛光，永远把你抱在胸膛。望云山，我的白发亲娘，我是穿过树林的那缕月光，每夜回到你的梦乡。”

赞歌——为时代明德

“文章合为时而著，歌诗合为事而作”（唐·白居易《与元九书》）。

2020 年 10 月 21 日，由中国音乐家协会、湖南省文联主办的大型交响叙事组歌《苗寨的故事》首演音乐会在长沙音乐厅举行。由金沙作词的《苗寨的故事》（孟勇作曲）是我国第一部反映脱贫攻坚主题的大型交响叙事组歌，也是一部演绎时代重大主题的音乐回响，更是一部激情抒写苗乡巨变的时代华章。

文艺创作有生活才有生命。金沙秉承“生活腹地往往是创作高地”的理念，历时三年，长期深入湘西，创作了这部表现重大时代主题、充满浓郁民族风格的音乐史诗《苗寨的故事》。金沙曾在张家界工作过十五年。从 2016 年开始，他每年十余次深入湘西体验生活和开展结对扶贫。为了创作这部作品，金沙共 16 次 81 天在湘西苗寨度过。吃在苗寨、住在苗寨，在苗寨过苗年、过春节。而且，金沙一直关注湘西以外的脱贫攻坚工作，深入湖南省内外的乡村田野，见证时代之变、中国之进、人民之呼，这部根植于生活沃土的作品才应运而生。他以多年的生活积累与才情，用讲故事的方式叙说湘西苗寨的千年历史变迁，描绘具有湘西苗寨浓郁特色的风情画卷，为湖南创作出了一部表现重大时代主题、具有巧妙新颖构思、彰显鲜明艺术特色、充满浓郁民族风格的音乐史诗。评论家肖舞认为，正是词作家金沙在四十余年文艺创作磨砺中炼就了独创性的“金氏思维”与智慧的表达方式，大型交响叙事组歌《苗寨的故事》词作是其继成功创作大型声乐套曲《张家界大合唱》、大型交响合唱《通道转兵组歌》歌词之后，又一部扎根本土、深植时代，集精神高度、文化内涵、艺术价值与思想深度于一体的大型音乐作品。

“奔驰在祖国大地上，我坐高铁向窗外眺望。一片片新村庄山青水绿，一座座大都市繁花怒放。”这首曾入选中宣部第七批“中国梦”主题新创作歌曲《奔驰在祖国大地上》是《苗寨的故事》中的一首，作品以脱贫致富后的苗寨村民乘坐高铁旅游为题材，通过从高速列车窗外眺望春天的独特视角，描绘了新时代的壮丽画卷，抒发了人民群众追求中国梦的壮志豪情。同时，作为我国第一首成功唱响高铁的歌曲，《奔驰在祖国大地上》从一扇小小的高铁车窗切入，通过对超越东南西北广袤空间与包罗万象的宏大叙事，巧妙地描绘了一幅巨变中的全景式美丽中国富强图。金沙多年前就有了这个作品的标题，但一直苦于无从下手，直到 2017 年 12 月从苗寨采风返回长沙，在高铁上见邻座的苗寨村民从窗口一路眺望并赞叹祖国新貌，才倏然找到从窗口表现主题和细节的切入口。

从 2015 年创作《不知该怎么称呼你》（孟勇作曲）到 2022 年创作《好想给您带个信》（孟勇作曲），金沙亲历了“精准扶贫”所创造的人类减贫史上的奇迹。“石板路，柏油路，大路连接着门外和天边。老木房，新木房，火塘边上总把故事传。是您为我们送春风，村村寨寨换新颜。富裕花开千万家，幸福天地越走越宽广。”歌词立意精巧角度新，以苗寨村民为抒情主人公，讲述了在精准扶贫思想指引下从圆梦小康走向乡村振兴的幸福生活故事，表现了十八洞村和全国农村发生的巨大变化，抒发了亿万人民对中国共产党的感恩之情和对人民领袖的爱戴之情。

“腰背弯向田野，化作沉甸甸的稻穗……风风雨雨，曲曲折折，你为大地刷新金灿灿的秋色。寻寻觅觅，日日月月，一粒种子造福整个世界。”金沙以《大地的丰收》（黎晓阳作曲）致敬杂交水稻之父袁隆平先生，弘扬袁隆平精神。

2022 年，《词刊》《文艺论坛》分别刊发了李丽《词浅情深书史诗，言近旨远谱壮歌》《小歌词大世界，小天地大文章》的长篇评论，对大型交响合唱《通道转兵组歌》的词作进行深度分析：从“秋叶黄，秋雨浓”（《初上征程》）的迷茫凄凉到“征途茫茫无所惧，一身胆气贯长空”的矢志不渝；从“赴汤蹈火舍生死，满江鲜血掀巨浪”（《血战湘江》）的绝境鏖战到“五岭脱帽三鞠躬，千里潇湘两行泪”（《祭英烈》）的悲壮激越；从“红军翻越老山界，欢呼长征第一山”（《翻越老山界》）的乐观豪迈到“只盼春风破云雾，只盼红日出云霄”（《路往哪里走》）的渴望与焦灼；从“鼓楼坪里芦笙舞，风雨桥上侗歌唱”（《喜迎红军进侗乡》）的欢快喜庆到“八位弹尽粮绝的壮士，化作火红的云朵，从天空里高高飘落，从山顶上高高飘落”（《这一座山崖》）的深情述说；从“罗蒙山上风云急”（《通道会议指方向》）的危急激烈到“北上战旗转方向，西进贵州向黎平”（《万万火急》）的紧张急切，到“没有什么报答你，送你一担小皮箩”（《一担皮箩》）的含泪告别，再到“雄师抖落千层雾”“播阳河上旭日升”（《一条通道通远方》）的明朗豪迈。起伏曲折的情感、情绪的巧妙变换，避免了审美的疲劳和情感体验的单调乏味，使作品具有丰富动人的情致。

由金沙编剧、作词的《通道转兵组歌》（孟勇、王和声作曲），是为纪念红军长征胜利 80 周年而创作的一部大型交响合唱作品。组歌取材于红军长征初期在湖南通道转兵西进贵州，从而挽救红军命运、奠定遵义会议基础的重大历史事件。作品再现中国工农红军长征从挫折走向胜利的伟大转折的第一步的光辉奇迹，讲述军民鱼水情深的动人故事，歌颂了毛泽东等老一辈无产阶级革命家勇于担当、力挽狂澜的丰功伟绩，讴歌了中国共产党领导的中国工农红军满怀信仰、不畏艰险的革命精神。作品在长沙、北京试演、首演成功后，很快作为国家艺术基金传播交流推广资助项目在全国巡演，后又经国家出版基金资助出版。

重大革命历史题材文艺创作必须尊重历史。一个细节再次诠释了金沙歌词创作的严谨与精准——“晚霞似火报敌情，新月如弓传军令”(《万万火急》)，创作时金沙特意查证了历史资料，考证了1934年12月12日通道会议结束当天傍晚的天气等情况。为做好创作准备，金沙大量查阅考证各种形式的零散文字资料300余万字，观看参阅了多部相关的影视视频资料，深入湖南、广西、贵州等地实地采风考察。在通道转兵纪念馆，工作人员讲述催人泪下的一担皮箩故事；在红军过湘江时战斗最激烈的界首渡口，江水奔流、岁月默证；在大坡界，八名红军战士壮烈牺牲，山崖永立、英魂长存……扑面而来的鲜活故事与场景，也点燃了金沙创作的激情。

一个时代有一个时代的文艺。

词界泰斗乔羽先生曾说过，我们应该去寻找一种可能性，使我们的文学艺术有可能做到：一、既是继承的，又是发展的。二、既是民族的，又是时代的。谁寻找到了这种可能性，谁的眼前便会出现一片大有作为的广阔天地。谁做得好，谁就有可能代表这个时代。

继承与发展、民族与时代，其必由之路无疑是“创新”。

金沙坦言，“新”是创作的命根子，我始终要求自己的歌词创作理念新一点，要有思想家的思维，立意新一点，要有政治家的高度，创意新一点，要有策划家的点子，角度新一点，要有摄影家的视角，语言新一点，要有魔术师的手法。

“人人心中有，个个笔下无”，只要掌握三个特点：抒情、立象、入乐，追求三个境界：精短、新颖、深刻，下好五大功夫：打厚思想功、补足文学功、拓展博学功、练就生活功、下足创作功，创作的歌词作品自然就新了。连书桌边的花盆也暗示我：新发的嫩叶和新开的花朵是最美的。

大江流日夜，慷慨歌未央。愿金沙创作出更多更好地跟上时代的精品力作。

——原载 2023 年第 3 期《词刊》

胸中丘壑远　大爱天地宽

——熊炬老师的教之道

两千多年前，伟大的教育家孔子创立了以“仁”为最高准则的学说，“弟子弥众，至自远方，莫不授业”，他因此被誉为“万世师表”。

仁者爱人，生生不息，历久弥新。

2014 年 9 月 9 日，习近平总书记在同北京师范大学师生代表座谈时，与大家交流“怎样才能成为好老师”，特别提出了“有仁爱之心”的标准。

教育是一门“仁而爱人”的事业，爱是教育的灵魂，只有融入了爱的教育才是真正的教育。

全国优秀辅导员、湖南省普通话测试员、长沙市语言文字专家库专家、李季春名班主任工作室顾问、长沙市大同小学语文教师兼班主任熊炬老师坚守三尺讲台三十六年，以爱铸魂、以爱立身、以爱感恩，践行教育之道。她先后获评长沙市“‘华天奖’优秀教师”、长沙市“优秀班主任”、长沙市“优秀辅导员”，长沙市教育学会“先进工作者”，先后获评芙蓉区“巾帼建功先进个人”“芙蓉区最美女性”“三十年班主任坚守奖”，多次获评芙蓉区“优秀班主任”“优秀教师”“先进教育工作者”等荣誉称号。先后多次受邀前往湖南省第一师范学院，长沙市芙蓉区、开福区、天心区、岳麓区、望城区，娄底、怀化、茶陵、柳州、江西等省内外学校讲座。

传道：以爱铸魂，为孩子的终身成长奠基

陶行知指出，爱是一种伟大的力量，没有爱便没有教育。

熊炬老师坚信：“最好的老师就是要爱孩子，为孩子的终身成长奠基。因为小学教师虽然只教孩子六年，却会影响孩子往后六十年甚至更远的人生。”

善待每一个学生，以爱铸魂，是唤醒，也是成长。在熊炬老师心里，每一朵花都有盛开的理由，每个孩子都是独一无二的自己，都有出彩的人生，她要用“爱”给每个孩子力量，让他们去实现更多的“可能”。

以爱育爱，让教育有温度，是熊炬老师的教育初心。熊老师真正地爱每一个孩子，理解、尊重、信任每一个孩子。在她心里，每一个孩子的眼神都不应该被辜负，每一个举动都不应该被忽视，每一份真心都不应该被漠视。只要有孩子叫一声“熊老师好！”熊老师便会用十倍甚至百倍的热情回应他，她充满爱的眼神，鼓励的大拇指，还有笃定的话语：“你真是个懂礼貌的好孩子！”这给了孩子们无穷的力量；熊老师踏入校门，就会对门口的礼仪队员鞠躬回礼；熊老师

看到孩子们在上下楼梯，总会耐心地提醒他们：“孩子们，记得靠右走。”熊老师进教室门、出教室门都会“停一秒”“回头看”并告知孩子为什么这样做……耳濡目染，孩子们因此养成了许多良好的习惯，并因此在将来赢得大家的尊重；熊老师经常在课间、夕会、放学后守在孩子们中间，给有疑问的孩子解惑，给受伤的孩子抚慰，给胆怯的孩子拥抱和鼓励，跟有心事的孩子聊天，不留痕迹地化解，跟上课发现了问题来不及了解的孩子沟通，了解并解决问题，教不会跳绳的孩子跳绳，教书写不好的孩子练字……她从一处处细节着手，及时给孩子们一句关爱、一点鼓励、一个抚慰、一次解惑、一场心理问题的谈话……她对每个孩子都了如指掌，爱达心底。从一处处细节着手，把孩子们的“地基”打得牢固一些，这样他们长大后才有筑起千层大厦的机会，才会有从容和自信的底气。

以爱铸魂，培养有根基的中国人——这是熊炬老师教育之道的根本。

“天下之本在国，国之本在家，家之本在身。”家国情怀是中华优秀传统文化的精髓所在。熊老师的父亲 15 岁就参加抗美援朝战争，保家卫国。熊炬老师深知，心中有家国才有最原始、最朴实的信念和支撑，才有根本的动力和源泉。家国情怀不是口号，而是要深入孩子心里，融入血脉，成为他们身体的一部分。有国才有家，国家稳定，大家才会有更安宁的环境，才会有更幸福的生活。她常跟孩子们说“心中有世界，人生才有格局；心中有国家，人生才有力量”，经常跟孩子们讲述中国古代史、近代史和现代史，带孩子们实地观摩爱国主义教育基地，除了利用班会、主题队会等开展爱国主义教育，还随时随地结合国际国内发生的大事，跟孩子们讲解并分析，让孩子们知道世界局势，也让孩子们知道只有祖国强大了，才是最坚实、最有力量的依靠，而祖国强大跟我们每个人息息相关，小学生要做的就是努力学习，锻炼意志，涵养品格，将来才有能力、有底气为国家出力。她的班平时每天都有的一项作业就是要求孩子们看新闻，了解国际国内发生的大事并在第二天与大家交流分享。就这样把家国情怀的种子播撒在一颗颗幼小的心灵中。

"主题中队活动""主题中队会"是熊炬老师践行教育之道的主要阵地。自从 2000 年"雏鹰起飞"中队活动获国家级奖项以来，她经常带领孩子们开展各种主题的中队会或中队活动。2013 年，中队活动"爱的奉献——我们的志愿者经历"在长沙市中队主题队活动比赛中脱颖而出，获"长沙市十佳中队活动"。2014 年，熊老师带领孩子们代表芙蓉区到长沙县路口镇明德小学，开展"城乡少年手拉手，同心共筑中国梦"的中队主题活动，一起共植"友谊树"，得到了共青团长沙市委和芙蓉区教育局的高度赞扬，孩子们在一次次中队主题活动中向光而行。

因为懂得，所以慈悲。熊炬老师说："好的班主任，就是爱与智慧的圆融。是日复一日地善待成全每一个孩子。"经常有全世界各地回来的，不同届的大同学子来看她，还有很多孩子因为不能回来，经常发信息、打电话，问候、祝福。

他们感言："我很庆幸，能够遇见您这样的好老师——不仅仅是一名老师，更是我人生导航者、学习的启蒙人""您是我们班四十多个孩子童年校园记忆里一道温暖的光""大同不仅仅是因为有富有底蕴的历史，更因为有您这样的老师，才能自豪地说是名校吧"……所有的孩子都亲热地叫她熊妈，他们这种亦师亦友，亦母女或母子的感情，就是对她"以爱育爱，初心如磐"的最好回报。三十六年深耕小学教育，熊老师始终保持一颗爱心，始终爱着每一个孩子，善待、成全着每一个孩子，始终站在孩子的角度看世界。她在《浅谈班主任的接纳艺术》一文中写道，"班主任只有在情感上接纳了学生之后，才能开始其真正意义上的教育。"

正是因为有一颗不断学习的心，熊老师明白时代在发展，一切都在改变，所以教育理念、教育方法必须变，更重要的是教育必须是家校合力。她特别注意时刻调整与孩子、与家长的沟通方式。站在家长的角度思考，理解他们的难处，尽量疏导、化解他们的焦虑，每个教学单元伊始，她会将自己的教学理念、设计活动的目的潜移默化地传递给家长；为了顺应"双减"政策，她巧运匠心提高课堂效率，引导孩子们利用碎片时间，减轻家长负担，让孩子学习高效。日常教育中，也会及时就孩子的表现、需改进的地方与家长密切沟通，及时解决问题，不留隐患，不造成更大影响。她为如何调动家长的力量，共同助力孩子的成长，如何达到合作共赢，如何更好地教育、培养、引导孩子，绞尽脑汁，不分上班下班，经常周末还在加班，为孩子们的学习状况思考、总结。熊老师始终带着一个笔记本，随时记录着每天发现的或需要解决的孩子的问题、工作的问题、需要告知家长的事情、引领家长的方法，从不离身。她几乎每天放学孩子们全部离开后，就在教室里静静地总结一天的工作和学生的表现，以及需要注意的事项，以诚恳、理解和教给方法的方式，编辑文字发给家长，在下班的路上或者回到家里，还要和家长电话沟通：当天特殊的事情、需要解决的个体问题、需要传达给孩子的鼓励、需要给家长的建议。让家长及时了解孩子在班级中的表现和努力的方向，让家长安心、暖心、放心。熊老师不光是学生的“知心人”，也是家长的“引路人”“贴心人”。

正是有熊炬老师这样的老师，才会培养出爱国、爱家、有责任、有担当的孩子们。熊炬老师所带班级被评为“全国优秀集体”“长沙市优秀集体”“长沙市学雷锋优秀集体”“长沙市十佳中队”“芙蓉区优秀集体”“芙蓉区先进班级”等。

授业：以爱立身，不停息追求的脚步

韩愈在《师说》中开宗明义：“师者，所以传道受业解惑也。”这是我国教育史上第一次对教师职责的完整论述。

教师是人类灵魂的工程师，是太阳底下最光辉的职业。

熊炬老师祖籍贵州，生于四川。军人家庭出身的熊老师对自己要求特别严格，凡事做到最好。在小学时的一次考试

中，她考了 90 多分，老师却批评了她。小小年纪的她感受到了老师对她的爱与严格要求，在之后的学习中从来不甘落后，这使她对教师这个职业产生了热爱与向往。

教育家马卡连柯说："爱是一种伟大的感情，它总在创造奇迹，创造新的人。"

爱教育，爱孩子，爱自己，熊炬老师以爱立身，不断做最好的自己。很多家长都说熊老师是"宝藏老师"，的确如此。这是对她精湛教学技艺的肯定，是对她丰富内涵的赞美，更是对她不断吸纳、不断学习、不满足于现状的褒奖，她有一颗与时俱进、精益求精的心。

1986 年，熊炬老师刚到大同小学的时候，学校还没有电脑，也没有教参，老师备课全靠自己钻研。熊老师有一股子钻劲，学校的大小赛课、区里的比赛，她都争取参加。磨课、赛课考验一个老师的实力、耐力、毅力。放学后，熊老师经常在教学楼加班备课，那个年代连路灯都没有，教学楼晚上很黑，学校里的花园、小池塘更显得深幽。熊老师一个人害怕，便与传达室的奶奶约好，每晚九点来教学楼接她。有时候，九点还没到，熊老师已经备好了课，便一个人在教室里试讲、修改。就在这样自我磨砺的时光里，她养成了思考、钻研的习惯，对教育之道有了自己的心得。勤思、锲而不舍地钻研教材，是她的生活常态。1989 年，22 岁的熊老师在"银燕杯"赛课中脱颖而出，代表芙蓉区在长沙市雅礼中学礼堂向全市语文老师展示教学成果。从那以后，熊老师在教学研讨的道路上一发不可收拾。那时候学校年轻老师不多，只要有公开课、对外接待课，就是熊老师的任务。只要有比赛课，好学上进的熊老师总是冲在前面，一次一次的比赛、一次一次的磨炼，让她在语文课、社会课、品德课等学科的市、区比赛中荣获多种奖项。她的能力和教学水平也在这样的磨炼中不断提升。

她在31岁那年，被任命为大同小学语文教研组长，2004年，担任芙蓉区小学语文理事会会长，2005年又担任长沙市小语会理事。勤思、锲而不舍地钻研教材已经成为她的生活方式，在教研上愈发钻得深、钻得狠，并就现代教育技术与语文教学的结合进行了深入研究。

2001年，教育部颁布《全日制义务教育语文课程标准》，强调了口语交际对学生的重要性，促使我国语文教学产生了重大变革。口语交际这个教学内容第一次出现在小学语文教材里，熊炬老师积极参与到口语交际教学的摸索和实践中，经过大量的思考、琢磨和研究，一次次的试教、反思，她的“口语交际课——说说广告”脱颖而出，作为示范课在全区展示，为语文老师上好口语交际课提供了宝贵的经验。接着她参与编写的《案例解说新课程教学法 小学语文口语交际情境创设》由湖南音像出版社出版。

熊老师崇尚“无功利”阅读，目的是激发孩子阅读兴趣，让阅读像吃饭穿衣一样融入孩子的生活，让阅读成为孩子们生活的一部分，并陪伴孩子一生，她认为这才是阅读的真正意义。近十年来，熊炬老师自费去南京参加“亲近母语”阅读论坛，倡导儿童阅读，促进母语教育，营造师生的精神家园。她引导孩子们真实感受并尊重自己的阅读体验。让孩子们在阅读中感受、体验、成长，她将绘本、桥梁书以及获得“世界大奖”的儿童文学书籍引入课堂，引入孩子们的生活。将读绘本、整本书阅读、群文阅读等方法，引入孩子们的阅读中，用多种方式启迪阅读，学会阅读，全方位、立体地打造阅读的多途径，影响并丰富孩子们的情感态度，价值观，打开孩子们的世界，引导孩子思考。她经常开展多种形式的“阅读分享活动”“好书推荐会”“读书‘金句’展示会”“绘本或文学书中故事的表演”。熊老师班级里的孩子从一年级开始就养成了良好的阅读习惯，逐渐爱上了阅读，在课间、夕会时间，甚至在任何等候或外出活动的间隙，你总会惊讶于熊老师的班级那安静的氛围——原来孩子们都在专注地进行阅读，智慧和思维的火花在字里行间闪烁。这样的阅读积累使孩子受益终身，孩子们都说，小学打下的坚实语文基础，让他们成为语文学习的佼佼者。

“不学诗，无以言。”熊炬老师把古典诗词的背诵和学习引入教学，通过循环背诵，每周集中一节课每人抽查，跟孩子们比赛背诵，接龙背古诗，根据意思背古诗，创设情境用古诗，让孩子当小老师讲解古诗，就古诗中的精髓与孩子们探讨。六年级集中检测默写古诗等方法，为学生奠基。年年岁岁，一届又一届的孩子毕业了，他们反馈回来的都是感谢熊炬老师在小学给他们打下的古诗词基础，让他们受益良多，成为传统文化的爱好者，成就了现在的自己。

字如其人，受益一生。熊炬老师深知，书写是一个学生的基本功，也是一个人的基本功，中国人就要写出大写的"人"字，写出美美中国字。所以，她从一年级开始就对孩子的书写用心指导、严格要求。他们班学生写出来的字，格式统一，大小一致，卷面整洁，令人赏心悦目。每次期末考试，哪怕是密封阅卷，阅卷老师也能从众多试卷中一眼认出他们班的试卷。因为与众不同——工整、规范、干净、漂亮。

"故事"育人，润物无声。她看书、看报、看电视、与人聊天时，很留心收集与教育有关的故事，她的头脑里装着许许多多的故事，需要的时候，总能信手拈来。她认为故事形象、生动，有记忆、咀嚼的情节，有思考、回味的空间，是思想教育的非常好的途径。通过故事教育比直接说教更容易让孩子接受，也更深刻；故事能让孩子有归属感，有类比的形象，易感同身受；故事能让孩子找到相似的经历，获得认同感，或受到启迪、影响，达到自我教育。借故事人物激励，借故事意蕴启迪，借故事情趣开导，借故事评述阐明道理，借故事内容表达感情……一个问题的各种相关故事，可以一遍一遍强化孩子的某些意识，起到引领或解决问题的作用；熊老师用故事解答孩子们成长中的困惑，化解孩子们之间的矛盾，教给他们要懂但又不太好懂的道理，激励他们上进的决心和信心。

"瞬息有谋略，麾下有雄兵。"三十六年来，熊老师所带的班级以基本功扎实著称，这当然离不开熊老师长期的钻研和用心。熊炬老师深知每个学习阶段的知识的重点、难点，行为习惯的卡点、堵点，孩子的心理特点，知道孩子在哪个阶段会出现哪些问题，除了在课堂上把重难点讲深讲透以外，课后的练习，她也巧妙设计，多种形式巩固，以达到举一反三，促进思维发展和知识掌握的目的。

针对孩子在每个阶段可能出现的问题，她都提早预设，有计划、设计和安排，在恰当的时候以不同形式，从不同角度、用不同思维和方法，解决孩子们出现的问题，不断巩固所学知识，唤起遗忘记忆……

熊老师有很多巩固基础的小妙招，而且，经验丰富的熊老师总是善于运用她的慧眼发现问题，随时找出相应的对策和巩固的方法。

“为了使学生获得一点知识的亮光，教师应吸进整个光的海洋。”熊老师就是如此，不断调整自己，警醒自己，始终保持一种不停歇的努力前行的姿态，将工作当作兴趣，然后去实践它，去爱它。这就是她作为教师的良知、责任与使命。

弘道：以爱感恩，弘扬大同精神

子曰：“人能弘道，非道弘人。”

“大道之行，天下为公，是谓大同”——1948 年，曾毕业于湖南省第一师范学校，并跟随泰戈尔在印度国际大学中国学院做“理想世界”教育和文化传播的谭云山先生创办了大同小学。

人能弘道，以爱感恩，弘扬精神。

在熊老师心里，大同小学已不仅仅是她工作的地方，也是她的家。她三十六年如一日，将春夏秋冬融入学生们的喜怒哀乐之中，孜孜不倦培育孩子们；她陪伴一届又一届孩子走出校园，又带着初心回到起点，默默耕耘。老大同人带给她很多美好，成就了现在的她。熊老师非常感恩，自觉肩负起将这份美好传承下去的责任，因为感恩，她每年都要去看望她的师傅——莫剑芳校长，感恩莫剑芳校长和大同前辈给予的指导、引领和帮助，并不断请教、学习大同的传统精髓。这样的看望和请教，一坚持就是三十多年，从未间断。熊炬老师心里那一份对教育的执着与坚守，正是大同人“美美与共、天下大同”的人生见证和精神写照。

在大同小学“青蓝工程”师徒结对仪式上，熊炬老师曾几次作为师父代表给全体老师作精彩演讲，她以传承与发扬为切入点，从无需提醒的自觉、对教育的敬畏、责任与担当、为孩子的终身成长奠基四个方面向青年教师们殷殷寄语。在大同小学班级管理主题培训中，她为全体班主任老师和“同美学院”青年教师成长营教师进行了以“匠心巧用，静待花开”为题的班级管理主题分享。

熊炬老师用多年积累的教学经验手把手传帮带青年教师，给青年教师上示范课，她身体力行，尽心尽责。在指导青年教师备课中，熊老师总是全力帮助他们，分析教材，吃透教材，充分尊重以及肯定青年教师的想法，在他们自己的备课基础上，提出自己的想法，详细讲解如何设计高效的教学活动以及提示应该注意的问题，激发他们的创造力，挖掘他们的可能性。有徒弟参加比赛，她指导他们反复试讲，从整体设计、到每个环节的处理、活动的设计、提问的设计、课件的呈现、教态语言，从粗到细，一遍遍地过，一遍遍地改……熊老师总是这样，不遗余力地为青年教师的成长提供宝贵的教学方法和经验。如何有效地帮助青年教师不断提高教育教学水平和科研能力，熊老师从来没有停止过思考。一位徒弟在日记中写道："感恩熊老师带我见识什么是教育的工匠精神，我要继续向熊老师学习，努力成为像熊老师那样春风般温暖有爱的人。"

熊炬老师在生活上也给予青年教师无微不至的关怀。有徒弟生病了，熊老师第一时间去看望；疫情防控期间，她还亲自给隔离在宿舍的徒弟送物资；有徒弟碰到了思想上的困扰，熊老师不厌其烦地为他们答疑解惑。

熊炬老师带给青年教师的不仅仅是专业技能和知识，更是深层次的理念：如何做好自己的工作，如何对待孩子，如何为人处世。当下获取知识的渠道日益丰富多元，教师的角色已经绝不仅仅是负责传播知识，更是精神上、品行上、人格上的赋能者。熊炬老师的学养才情、举止言谈都对青年教师产生着潜移默化的影响。

对待同年级的配班老师，熊炬老师也是尽自己最大努力给予尊重与协助，引导孩子们尊重、配合。在他们有事的时候，熊老师总是不讲条件地配合代课，他们有困难时，熊老师也是尽可能地给予帮助。因为熊老师唯一的想法就是，把孩子们培养好，需要所有老师的共同努力，需要所有老师同样呵护、善待班级的孩子们，需要大家团结协作，拧成一股绳。

熊炬老师用自己的仁爱、热情、奉献，不断诠释自己的教育之道——向光而行，爱心如炬。